SORTIE(S) DE SECOURS

CAROLINE LANGLADE

SORTIE(S) DE SECOURS

Préface de François Hollande

Robert
Laffont

ISBN 978-2-221-19764-6
Dépôt légal novembre 2017

Préface
de François Hollande

Le 13 novembre 2015, Caroline Langlade a rencontré la mort venue frapper indistinctement des innocents dont le seul tort était d'aimer la vie et la musique.

Enfermée dans une loge du Bataclan avec ses compagnons d'infortune, les terroristes l'avaient cherchée. Tuant, blessant et pourchassant les malheureux qui croyaient partager une fête et avaient rencontré l'enfer. Tard dans la nuit, il avait fallu relever les corps, soigner les blessés, apaiser les vivants. Caroline et son conjoint Alexandre étaient de ceux-là.

Sauvés, ils n'étaient pas sortis indemnes. Nulle trace apparente de blessures sur leur visage. Mais des entailles, profondes, dans leur tête. Des images effroyables, qui reviennent sans cesse, le souvenir d'une peur incommensurable, la cruauté d'une attente dont on ne sait si elle va déboucher sur la disparition ou la délivrance. Et puis cette interrogation lancinante : pourquoi là ? Pourquoi ce vendredi-là ? Pourquoi moi ? Pourquoi eux ?

Caroline Langlade aurait pu tenter de répondre isolément à toutes ces questions. Trouver refuge dans la méditation, le travail, l'écriture. Elle aurait pu fuir ces lieux où le malheur provoqué par des fanatiques l'avait saisie. Elle aurait pu garder son chagrin pour elle et chercher une sortie en solitaire. Puisque les circonstances lui avaient permis d'en réchapper quand d'autres n'ont pas eu ce que l'on appellera, improprement, cette « chance ».

Elle a choisi un autre destin. Porter à la fois le souvenir des morts et la parole des vivants. Se battre pour la dignité. Pour le droit, quitte à en inventer un plus conforme à la dureté des temps.

Ce livre est le récit d'un engagement. Il a mis du temps à trouver sa forme. Il s'est inspiré de l'action des victimes d'autres attentats, d'autres tragédies, d'autres catastrophes. Et le portrait qu'elle dresse de Françoise Rudetzki témoigne de ce que fut le combat de l'une des premières générations des victimes du terrorisme pour faire aboutir leurs légitimes exigences.

Il y a trente ans, rien n'existait pour accompagner, indemniser, réparer. Le mot même de victime était discuté. Non pas au titre de la compassion qui était déployée sans compter, mais du statut qui était contesté, faute d'existence de critères permettant d'évaluer les préjudices. Pourquoi instaurer un cadre juridique pour ce qui relève de l'exceptionnel ? Pourquoi s'intéresser aux familles au-delà de la solidarité immédiate dans le deuil ? C'était oublier qu'elles allaient vivre, des années durant, avec les séquelles de leurs disparus, et les souffrances de leurs blessés.

Combien de luttes a-t-il fallu mener pour que soit admis qu'être frappé par le terrorisme en France, c'était être en quelque sorte une « victime de guerre » ?

Je pense à ces femmes et à ces hommes, d'abord plongés dans la solitude de leur drame, qui ont eu la force de se regrouper autour de l'événement atroce qui les avait tous concernés pour élargir leur démarche et pour en faire un acte de progrès dans la solidarité nationale.

Une sortie de secours, ce n'est pas seulement une porte qui s'ouvre pour échapper à la mort, c'est une voie pour laisser passer l'avenir.

C'est Maureen qui, la première après le 13 novembre, lança l'appel à ce soulèvement vital. Caroline la rejoignit pour créer l'association Life for Paris. C'est cette aventure qu'elle restitue aux lecteurs avec ses ambitions, ses réussites, ses désillusions. Les pages sur les « faussaires », ces êtres abjects qui s'inventent un malheur pour solliciter un soutien ou manipuler les vraies victimes, sont pénibles à lire tant elles démontrent une fois encore que, même dans la pire des tragédies, il en est qui se glissent afin d'en exploiter les possibles retombées.

Mais, heureusement, Caroline Langlade revient sur les comportements exemplaires qu'elle a relevés, sur le dévouement magnifique et les dépassements sublimes de ces éprouvés capables de donner leur courage pour éclairer le parcours des désespérés.

Ces familles, que tout devrait accabler et qui continuent d'exprimer leur volonté de construire un monde meilleur, témoignent d'une force de caractère qui apporte la lumière à tous ceux qui ont été un jour ou une nuit jetés dans le cachot de la dépression et de l'abandon.

Sauver les survivants, voilà l'esprit de Life for Paris et de bien d'autres associations. Ce geste ne s'épuise pas avec le temps. Il doit être entretenu. C'est le rôle des pouvoirs publics. C'est dans ces circonstances que j'ai eu, comme président, à recevoir Caroline Langlade pour trouver une traduction administrative mais aussi juridique à son engagement.

La création d'un secrétariat d'État aux victimes, avec à sa tête Juliette Méadel au sein du gouvernement de Manuel Valls, répondait à cette volonté de fournir un accompagnement à toutes les familles qui à la suite d'un attentat ou d'une catastrophe se retrouvent perdues malgré l'irréprochable travail des associations et l'amélioration constante des procédures du Fonds de garantie des victimes d'actes de terrorisme. Je ne voulais pas d'une administration des victimes. Je tenais à mettre en place un interlocuteur unique capable de les orienter, de les guider et de les conseiller.

Je savais que les compositions gouvernementales à venir ne reconduiraient pas nécessairement un tel secrétariat d'État. Aussi j'ai mis en place une mission destinée à être permanente pour prolonger autant qu'il serait nécessaire ce service public.

C'est dans ce cadre qu'il a été décidé de prendre en compte la souffrance physique et psychologique de toutes les familles qui ont vécu un drame douloureux, lors de la survenance d'un attentat, ce que Caroline Langlade appelle les « victimes par ricochet ».

J'ai prêté une grande attention à sa demande de faire admettre les préjudices d'attente et d'angoisse de mort au titre du Fonds de garantie qui concerneraient toutes les personnes directement impliquées dans les attentats, y compris celles qui n'ont pas été blessées physiquement, mais psychiquement.

Cette disposition se heurte à des contraintes financières et justifie des définitions précises.

Il s'agit de faire admettre les terribles conséquences psychologiques que subissent tous les survivants des attentats. Caroline Langlade évoque des maux qui ont envahi son corps. Elle les appelle, non sans humour, par des prénoms, comme pour mieux signifier qu'ils sont devenus ses compagnons du quotidien. C'est ce qui m'a convaincu de prendre durablement en charge les affections et les troubles de tous les survivants.

L'idée d'un statut de victime peut être à perte de vue discutée avec cette interrogation : comment en sort-on ? L'est-on toute sa vie ? Jusqu'où les ayants droit peuvent-ils y être associés ? Pourtant, la réparation des épreuves que notre pays a connues ces dernières années nous conduit nécessairement vers cette évolution.

Des progrès importants ont été réalisés, pour arriver à comprendre les besoins et pour imaginer, au-delà des indemnisations, des formes nouvelles de soutien et de prise en charge. Aux réflexions des experts se sont ajoutées des approches philosophiques mais aussi médicales. Ainsi, la reconnaissance des invisibles plaies qui tourmentent douloureusement les corps a-t-elle été établie.

Ces avancées ont été permises grâce à un dialogue approfondi avec les associations. J'ai voulu que cette démarche puisse être élargie au plan européen. Une harmonisation des règles à l'échelle du continent est en cours, car dès lors que le terrorisme ne connaît pas de frontières et frappe indifféremment nos villes (encore récemment à Barcelone), les victimes doivent pouvoir avoir les mêmes droits où qu'elles résident en Europe.

Je me souviens encore avec émotion de la première réunion qui s'est tenue à Bruxelles sur ce sujet, c'était en mars dernier, avec des participants et des élus venus de toutes les villes martyres. La France en avait pris l'initiative avec Juliette Méadel et en ouvrant les travaux, j'eus l'immense satisfaction de voir citer notre pays en exemple.

Dans le malheur, nous avions non seulement su faire face mais être à l'avant-garde – je n'ose pas dire en avance –, comme si avoir été frappé davantage et plus tôt que d'autres nous donnait des responsabilités supplémentaires.

Le terrorisme, en répandant la mort, entend infliger des séquelles irrémédiables à nos sociétés. Son intention meurtrière est de nous soumettre à l'obsession de la peur. Il veut, en tuant, nous obliger à nous murer, à nous replier, à nous confiner mais aussi à nous affoler, à nous empêcher de vivre librement.

Nous n'en finirons pas avec la menace terroriste avant longtemps. C'est une lutte qui appelle des réponses multiples et au niveau mondial. Il y a ce qui relève de l'action militaire, de politiques sécuritaires, de la prévention et de la protection, mais aussi de l'éducation, de la réinsertion et du traitement psychiatrique.

Mais il nous faudra donc encore « vivre avec ». Face à un tel défi, nos sociétés démocratiques devront être particulièrement courageuses et solidaires, pour rester vigoureuses et dignes. Pour faire prévaloir l'espoir face à la peur. Telle est l'issue. Il n'y a pas d'autre sortie.

Le témoignage de Caroline Langlade est bien plus qu'une leçon de survie. Cette femme fragile qui aurait pu se briser devant l'épreuve nous convainc que rien n'arrête la vie quand elle se met en mouvement. Et qu'elle est plus forte que tout.

F. H.

À Alexandre, avec qui je ne m'ennuie jamais.

« La première victime d'une guerre, c'est la vérité »

Mon cher Rudyard Kipling, comme tu avais raison.

La langue française regorge de synonymes, d'homonymes, d'oxymores. C'est ce qui m'a toujours passionnée dans la lecture et l'écriture. À l'oral, un mot peut avoir différentes significations suivant le ton que l'on emploie, ce qui rend parfois la communication entre deux êtres humains compliquée, particulièrement lorsque l'un des deux est frappé de cette maladie incurable qu'on appelle l'humour noir.

Cette maladie m'a touchée quand j'étais enfant et ne s'est pas arrangée avec le temps. En voici un exemple :

Passer la soirée dans une loge avec un groupe connu à boire des coups, quand on est fan de musique, c'est ce qu'on appelle *une putain de soirée.*

Passer la soirée dans une loge avec un groupe d'inconnus, à mourir de soif, quand on est pris au piège par trois terroristes armés, c'est aussi ce qu'on appelle *une putain de soirée.*

Bizarrement, tout le monde préfère appeler cela un attentat.

Pour ma part, je préférerais utiliser un langage plus fleuri, afin de prendre le contre-pied des jours, des semaines, des mois remplis d'épines et de fleurs qui ont suivi cette nouvelle vie de rescapée.

Ce livre, c'est une partie de moi que je vous confie.

Au risque de vous décevoir, il n'a pas été écrit assise à mon bureau de bois avec vue sur la mer, au bout du monde, au calme. Ce n'est pas l'envie qui me manquait, mais depuis quelques mois j'ai appris à être toujours en mouvement, à me délester du superflu, comme une cible mouvante, juste au cas où je me retrouverais encore une fois au mauvais endroit au mauvais moment.

C'est donc sur l'écran tactile de mon iPhone, entre deux rendez-vous, dans un taxi, au café, la nuit dans mon lit, que j'ai décidé de vous confier ces mots, car cette drôle de petite bestiole ne me quitte plus depuis le Bataclan. Il a été et reste aujourd'hui mon lien intime avec les autres, avec le « dehors », même quand la tempête terroriste gronde autour de moi ou dans mon corps. Il a aussi été pour moi, ce soir-là, alors que j'étais prise au piège, le cordon ombilical avec les miens qui m'a permis de garder la force, de ne pas sombrer dans la panique.

À l'image de mon engagement associatif, j'ai trouvé dans l'écriture ma véritable sortie de secours, la faible veilleuse qui, dans le noir, vous promet qu'il y a toujours une issue. Au moment où j'étais prisonnière, je suis restée confiante en l'avenir au-dehors. Confiante en la beauté des gens et en leur courage. Confiante en la vie qui continuait derrière cette porte de sortie que j'ai vainement tenté d'atteindre.

Si je sais que malgré tous nos combats, malgré tout l'amour déployé depuis deux ans, nous n'aurons jamais le pouvoir de faire revenir les disparus, je sais également ce qui m'importe, ce qui m'obsède, depuis le 13 novembre : réparer les vivants. Parce que ce sont eux qui restent, et qui morflent. Parce que, si je ne redoute plus la mort autant qu'avant, la peur de la souffrance l'a remplacée.

Essayer de vous raconter cet immense bordel, c'est sans doute aussi dans l'espoir qu'à travers mes mots vous deveniez à votre tour les gardiens de notre mémoire, pour ne jamais oublier, et être mieux préparés si un jour ça recommence.

Car si le 13 novembre 2015 m'a appris quelque chose, c'est que, désormais, personne n'est à l'abri d'être un jour victime d'un acte terroriste.

« Tu ne comprendras jamais »

Voilà maintenant plusieurs semaines que j'ai quitté mon travail. L'ambiance y était devenue invivable. Et puis il y avait eu l'attentat contre *Charlie Hebdo*. Je travaillais dans la presse à ce moment-là. Cet événement m'avait sérieusement fait réfléchir à ce que je voulais ou non accepter désormais. J'avais besoin de remettre de l'engagement dans ma vie. Refuser d'être soumise.

Le 1er septembre 2015, je me suis donc libérée de cet univers qui n'était plus le mien. Je venais pour la première fois de ma vie de prendre la décision de ne plus subir la violence du monde du travail.

J'étais libre.

De nouveau indépendante.

Mais un jour d'octobre, alors que nous nous promenions avec Alexandre, mon compagnon, le long des quais d'Austerlitz, la violence du monde m'a rattrapée. Nous marchions en direction du musée des Arts ludiques quand nous sommes passés sous un pont. Sous ce pont, des centaines d'hommes et une poignée de femmes faisaient sécher du linge dans un camp de fortune. Mes yeux découvraient ce spectacle auquel j'avais été sensibilisée enfant par ma famille, fidèle défenseur des moins chanceux, des cabossés de la vie.

Ces hommes et ces femmes étaient là, réels, fuyant la guerre, blessés pour certains, affamés pour bon nombre d'entre eux.

Nous avons continué notre chemin, mais l'esprit moins serein, moins léger que quelques minutes auparavant. J'avais été témoin, je ne pouvais plus faire comme si de rien n'était.

Je suis revenue plus tard avec des couvertures de survie, de la nourriture et des produits d'hygiène. En discutant avec les réfugiés, je réalisais combien vivre dans un pays en paix était une chance. Combien ne pas connaître la terreur aveugle de la guerre était précieux.

Pendant des semaines, j'ai continué à apporter nourriture, réconfort et sourires, passant d'un camp à l'autre, au rythme des évacuations ordonnées par les autorités.

Plusieurs centaines d'hommes vivaient à même le sol, dormaient, mangeaient en plein centre de ma ville, avec pour tout soutien une poignée d'humanistes qui ne savaient plus quoi faire tant l'ampleur de la tâche était immense.

Ce vendredi matin, je me réveille tard.

Les yeux collés, j'allume mon téléphone. Des dizaines de messages s'affichent. « 5 heures du matin, besoin de soutiens en urgence place de la République.

Évacuation. » « Des mineurs sur le carreau. Ça se passe mal. On gère pour le moment. Rejoins-nous quand tu peux. »

Le temps de filer retrouver ma meilleure amie pour notre déjeuner hebdomadaire, lui annoncer que ce soir, pour l'anniversaire d'Alexandre, nous allons voir les Eagles of Death Metal au Bataclan, l'entendre me glisser qu'elle aurait aimé être des nôtres, mais le concert est *sold out* depuis des mois, et je m'engouffre dans le métro, direction place de la République. À la sortie, des policiers procèdent à des contrôles d'identité. L'atmosphère est tendue. Des feux sont en train de brûler sur la place. Il ne reste du camp que quelques matelas et des couvertures abandonnées. Je me dirige vers un groupe rassemblé sous la statue de Marianne. Il y a quelques mois, j'étais là pour rendre hommage aux victimes de *Charlie*, défendre la liberté de rire de tout. Depuis quelques semaines, c'est la liberté de fuir la guerre qui m'amène ici chaque jour.

— Caro, ils ont brûlé leurs affaires, leurs papiers…, me dit une amie. On a une vingtaine de mineurs qui n'ont pas été pris en charge. Je ne sais plus quoi faire. Il faut prévenir l'association Une Chorba pour tous : pas de repas ici ce soir. On essaie de trouver un autre endroit.

Autour de nous règne une ambiance de champ de bataille. Les yeux des réfugiés nous cherchent, implorants. Je détourne les miens car je n'ai pas de solution. Cette impuissance me noue le ventre. Un Afghan dont je m'occupe régulièrement s'approche pour prendre une couverture. Il a l'expression de ceux qui ne dorment plus depuis des mois. Je lui tends la couverture avec un sourire qui se veut rassurant, lui pose la main sur la joue.

— Tout va s'arranger. On va trouver une solution.

Il me fixe et, dans un anglais impeccable, me répond :

— Toutes tes couvertures et tes sourires n'y feront rien. Je t'aime beaucoup mais tu ne comprendras jamais ce que j'ai vécu. La France ne comprend pas ce que l'on fuit.

Cette phrase me frappe le cœur. Que répondre ? Effectivement, je suis née dans un pays en paix. Je ne sais pas ce qu'est la guerre. Je ne sais pas ce que c'est que de voir ceux que j'aime se faire tuer par la folie des hommes. Les larmes aux yeux, je rejoins au café les copains qui aident les réfugiés.

Derrière la vitre, une petite fille nous fait des grimaces. On lui répond. On rigole. Un moment de douceur suspendu qui apaise.

Dehors, nos « amigrants », comme on les appelle entre nous, s'impatientent. On paye à la caisse du bar. La queue est impressionnante côté tabac-jeux. Je demande ce qui se passe. C'est vendredi 13 aujourd'hui, il y a une super cagnotte à gagner.

— Si tu te sens d'humeur, on peut tenter notre chance. Si on gagne, on pourrait acheter une maison et on y hébergerait nos amis qui meurent de froid.

— Je n'aime pas les jeux d'argent. Je ne gagne jamais. Je préfère garder ma chance pour des choses plus importantes.

On finit par trouver une solution temporaire pour la nuit. J'appelle le responsable d'Une Chorba pour tous afin de lui expliquer le changement de programme. Sa carte de visite est dans ma poche. Je la touche. Elle est pour moi, depuis des semaines, comme une bouée à laquelle s'accrocher. Des repas chauds quelques soirs par semaine. Le rendez-vous des ventres vides et des cœurs gros.

Un policier s'engueule avec l'une d'entre nous. Je lui crie que je n'aimerais pas être à sa place, qu'il fait vraiment un métier de merde. Que c'est inhumain d'infliger ça aux gens.

En allant rejoindre Alexandre pour le concert, j'attrape mon portable, me connecte à Facebook et tape :

« Vendredi 13 novembre 2015 : journée mondiale de la gentillesse.

Évacuation du camp de réfugiés de République. 90 personnes évacuées (pour un hébergement de trois jours avant remise à la rue mardi), une centaine d'hommes et de mineurs laissés sur le carreau. Toutes leurs affaires brûlées par "mesure d'hygiène" dont leurs papiers, téléphones, manteaux. Sentiment total d'impuissance. Désespoir. Froid.

Mais ce n'est pas grave puisque aujourd'hui c'était la journée mondiale de la gentillesse. »

Boulevard Voltaire, sur la façade du bâtiment, le panneau lumineux qui surplombe l'entrée de la salle annonce le concert du soir. On sort nos billets de nos poches. On passe la sécurité. Alexandre me fait remarquer que nous ne sommes pas fouillés à l'entrée. Je me dis qu'en même temps on ne risque pas grand-chose. Ce n'est qu'un concert de rock.

Je prends sa main et nous entrons.

Au Bataclan.

Embrasser le diable

Dans la salle, il fait très chaud. De nombreuses personnes sont déjà là, beaucoup se pressent au bar. Les gens s'embrassent, rient, trinquent, se saluent, dans une ambiance de grande réunion de famille.

Nous passons devant le stand de merchandising tenu par un solide gaillard yankee. Devant lui, vinyles et T-shirts s'étalent joliment. Si le concert me plaît, je repasserai en sortant pour prendre un album vinyle. Alexandre me regarde en coin. Il sait que, comme d'habitude, je suis déjà en train de me projeter dans « l'après-concert » et ça le fait sourire. « Tu vis jamais dans le présent, tu es toujours dans les projets d'avenir », me dit-il souvent.

Je me dirige vers la fosse mais Alexandre m'arrête :

— Ça va secouer et il va faire chaud. Viens par là.

Par là, c'est le balconnet qui longe la fosse en direction de la scène. On se pose près de la rambarde. Une jeune femme se décale pour me laisser une place. Elle me sourit. Je lui souris en retour. On retire nos vestes. Je préviens Alexandre que je suis crevée, je risque de rentrer avant la fin. Après un coup d'œil sur nos billets, il me propose d'aller nous asseoir à l'étage : le placement est libre. Je m'excuse auprès de ma voisine de l'avoir dérangée pour rien et nous repartons vers le balcon haut, côté jardin.

Un effet d'optique à côté du bar rend les escaliers pour accéder à l'étage difficiles à trouver. On se dirige vers une porte : sortie de secours… Ce n'est pas le bon chemin. On trouve enfin. On monte.

En haut, le balcon est déjà rempli mais on réussit à s'asseoir, plutôt bien placés. Derrière nous, un enfant et sa maman sont déjà installés. Je me retourne vers Alexandre :

— Quand on aura un enfant on l'amènera voir plein de concerts nous aussi ?

Il me sourit.

Première partie, une jeune femme et un jeune homme font cracher les enceintes à grand renfort de cris et de riffs de guitare punk. Ça commence pas mal du tout, même si je suis un peu distraite par les messages que je reçois de l'extérieur. Il y a un souci avec le nouveau camp de réfugiés. Alexandre me jette des coups d'œil pour m'enjoindre de profiter du show. Je range mon téléphone.

Entracte.

Je ressors mon portable. Nouvelle salve de messages. J'y réponds succinctement, puis remets mon appareil au fond de mon sac. Il est temps de profiter du vrai concert. Je m'enfonce confortablement dans mon siège. Derrière moi, le petit garçon est debout, jouant en *air guitar* le morceau d'introduction qu'il semble connaître parfaitement. Il a cinq ans à tout casser. Je lui souris et me retourne vers la scène.

Sur les planches, un moustachu aux boots noires et à l'humeur électrique déchaîne la foule. En bas, dans la fosse, les gens ont l'air extatiques. Je crie à l'oreille d'Alexandre : « C'est Freddie ! », tant celui qui roule des mécaniques sur scène m'évoque Freddie Mercury, un de mes chanteurs préférés.

Mon regard se déporte vers le batteur à la crinière de feu. Il envoie du bois. Son énergie me fait vite occulter le reste. Passionnée de percussions depuis toute petite, je n'ai bientôt plus d'yeux que pour lui.

— *I've got a big surprise for you !* annonce Jesse, le chanteur.

La foule est en délire. Sur le côté droit de la scène, un minuteur affiche dix-neuf minutes de show. Le temps s'est arrêté, je me sens bien. Heureuse d'être là. Je me serre contre Alexandre avant de ressortir mon portable pour enregistrer une chanson, comme c'est la tradition pour chacun de nos concerts communs. Sur mon écran, il est 21 h 34.

J'attends la surprise avec impatience.

Soudain, un bruit de pétards retentit. Je me dis, ces Américains sont vraiment des cow-boys, faire ça même pas un an après l'attentat contre *Charlie*, ce n'est vraiment pas malin. C'est même totalement con.

Les pétards recommencent. En bas, dans la fosse, les spectateurs s'écroulent au sol. J'applaudis. Je n'étais pas au courant de ce *flash-mob* mais c'est magnifique.

Les gens ressemblent à un champ de blé soufflé par le vent. Je suis comme absorbée par ce spectacle.

Je jette quand même un coup d'œil vers l'entrée de la salle d'où proviennent ces claquements. Le balcon la surplombe, ce qui me bouche la vue. Puis une longue tige métallique apparaît peu à peu de sous le balcon central, suivie d'un homme vêtu de ce qui me semble être une combinaison de spationaute. Je ne comprends plus rien à la mise en scène de cette surprise…

Quelque chose cloche. Le bâton métallique crache des flammes. Le son semble revenir à mes oreilles ; à présent, j'entends des cris.

Alexandre, que je n'ai pas vu s'allonger, se relève. Je suis toujours assise sur mon siège. Un flash retentit. Le spectateur devant moi, qui s'était assis quelques minutes avant la « surprise », vacille et tombe en avant. Alexandre hurle : « Allonge-toi ! » La peur vrille ses yeux. Je comprends que nous ne sommes plus dans le show. Que c'est réel. Il me tire vers lui, je tombe en arrière. En me redressant je me retrouve face à face avec une femme qui semble totalement désemparée. Je lui murmure : « Ça va aller, ne t'inquiète pas », en ramassant le contenu de mon sac qui s'est déversé par terre. Alexandre me fait signe de le suivre.

On rampe. Au-dessus de nous des flashs lumineux fendent l'air. Autour de nous les gens s'effondrent. Les corps tombent, tombent, tombent encore. Il faut se dépêcher. J'agrippe la basket d'Alexandre. Ne pas le lâcher. Ne surtout pas le lâcher. Derrière nous le bruit des balles résonne de plus en plus fort. Il se rapproche.

On arrive au fond du balcon, dans un couloir qui donne sur un escalier bondé de monde. La tête me tourne. Je ne comprends pas ce qui se passe. La foule m'absorbe. J'ai perdu Alexandre. Je me retrouve en bas de l'escalier emportée par cette marée humaine, face au tireur.

À cet instant, mes souvenirs deviennent flous.

Puis nous entrons dans une loge.

Alexandre est là.

En bas de l'escalier, les coups de feu se rapprochent.

Il faut fermer la porte. Quelqu'un donne l'ordre. J'essaie en vain de joindre la police. Le réseau est saturé, l'appel n'aboutit pas.

Appeler ma mère, chez elle, en Lorraine. Elle seule peut m'aider.

Une sonnerie. Deux.

— Allô ?

— Maman, écoute-moi. On est à un concert au Bataclan. Il y a une fusillade. On est cachés dans une loge. Appelle la police de Nancy. Il faut les prévenir. Je n'y arrive pas ici, ça ne passe pas. D'accord, maman ?

— OK.

Ce sera mon unique échange avec elle ce soir-là. Pas d'adieux. Pas de « je t'aime ». Je dois sortir vivante. Je dois me battre. Pour Alexandre. Pour ma famille.

Les coups de feu se rapprochent encore. La porte se ferme. De violents coups la secouent. « Ouvrez-nous, pitié, il est derrière nous ! Ouvrez ! »

La porte se rouvre. Deux femmes rentrent, tirées à l'intérieur de la loge par deux garçons.

D'un seul coup, les images de *Polytechnique*, un film québécois que j'ai vu quelques années plus tôt, me reviennent en mémoire, comme un mode d'emploi.

Il faut éteindre les lampes, fermer la fenêtre qui est cernée de barreaux et par laquelle une jeune femme vient de tenter, en vain, de s'extraire.

La porte se referme. Un canapé et un frigo, portés par trois ou quatre hommes, semblent voler dans la pièce tant ils sont déplacés avec facilité. On les coince devant la porte pour la bloquer.

— Eh ! Si tu ouvres pas je tire !

Le tireur est là, juste de l'autre côté. Seule cette petite porte en contreplaqué nous sépare de lui.

Coups de feu. Cris.

Il a tiré. Ce connard vient de tirer sur des gens. La porte s'entrouvre sous le poids de ses coups.

— Il faut tenir !

On pousse tous dans le sens de la porte pour la retenir.

Dans le noir, j'attrape mon téléphone et rappelle la police. Cette fois, l'appel aboutit.

Musique.

« Police-secours, ne quittez pas, vous allez être mis en relation avec un agent… »

La musique semble sans fin. Je m'impatiente.

Dehors, un homme hurle « Oscar !… Oscar !… ».

— Police-secours, quel est l'objet de votre appel ?

Cette voix. Cette voix d'homme. Enfin l'extérieur.

— On est au Bataclan. Il y a une fusillade. On est cachés dans une loge.

Ma voix n'est plus qu'un souffle. L'homme avale difficilement sa salive et dit :

— OK. Combien êtes-vous ?

Je compte rapidement autour de moi.

— Quarante. Il faut faire vite. Il est en train de tuer des gens.

Coups de feu. Cris.

— S'il vous plaît. Aidez-nous. Il est derrière la porte.

— Madame. Écoutez-moi. Il faut fermer la porte, vous barricader et éteindre la lumière. Restez confinés le mieux possible.

— C'est ce qu'on a fait.

— Très bien, madame. C'est très bien. Savez-vous où se trouvent le ou les tireurs ? Les avez-vous vus ?

— Il y en a un dehors, derrière la porte. Je crois qu'ils sont plusieurs. Je les entends parler. Ils ont des otages.

— Je vais vous passer la brigade d'intervention. Vous allez leur expliquer tout ça et je vous reprends après. OK, madame ?

— OK.

On me passe un autre policier. Je lui explique à nouveau la situation. Il me dit qu'il a bien pris note de mes informations. Puis on me repasse le premier homme à qui j'ai parlé.

— Madame, il va falloir rester calmes, d'accord ? Les secours sont sur place. On va venir vous chercher.

Dehors, un bruit d'explosion. Des hurlements puis un grand silence. Putain, ils sont en train de plastiquer le bâtiment… On va crever.

— Madame, je vais devoir raccrocher pour prendre d'autres appels. D'accord ? Ça va aller, madame ?

— Pitié, restez avec moi. Ne m'abandonnez pas. Je vous en supplie. S'il vous plaît.

— D'accord, madame. Je reste encore un peu. Les secours sont là. Continuez comme vous faites. Ça va bien se passer. Tout va s'arranger, d'accord, madame ?

— D'accord.

— Vous êtes courageuse. Ça va aller. Je raccroche et vous allez bientôt sortir. Je vous le promets. Courage, madame.

— D'accord.

Si tu me lis, petite voix dans la nuit, petite voix dans l'horreur, merci de m'avoir donné ton courage. Grâce à cet appel, j'ai trouvé la volonté de me battre.

Dans la loge, tous les yeux sont braqués sur moi.

Le policier a raccroché.

Des voix s'élèvent dans un murmure :

— Alors ? Ils arrivent ?

— Oui, ils arrivent. On va bientôt sortir.

Un message sur mon téléphone. Ma sœur m'écrit qu'elle ne veut pas que je meure.

Un autre. Ma mère. « La police est prévenue, ils arrivent. »

Je lui réponds juste « OK ». Ne pas donner de faux espoirs. Ne pas s'avancer tant que nous ne sommes pas hors de danger.

La porte s'entrouvre à nouveau sous les coups. Derrière, le tireur se fait de plus en plus menaçant. Par l'embrasure, je distingue un vague profil. Un pantalon noir. Je suis terrifiée à l'idée qu'il passe son arme par l'interstice. Alexandre est le seul encore debout dans la loge. J'ai peur que si l'homme tire, Alexandre soit touché. J'essaie de le faire asseoir mais il ne m'entend pas, la tête entre les bras.

22 h 25. Nouveau message sur mon téléphone. C'est la mère d'Alexandre.

« Caro, il y a des fusillades près de chez vous. Dites-moi si vous y êtes. »

« On est au Bataclan. On est cachés. La police arrive. »

« Où est Alex ? »

« Avec moi. »

Là encore, ce sera notre unique échange avant notre libération.

Je suis confiante même si j'ai peur. Garder la tête froide. La police sera là dans quelques minutes. Ne pas sombrer dans la folie. Garder la tête froide quoi qu'il arrive.

La porte s'entrouvre à nouveau.

— Ouvrez ! Vous allez crever, bande de chiens ! On a des explosifs. On va tout faire péter.

À côté de moi, une jeune femme sanglote. Elle regarde une photo sur son téléphone. Un enfant qui sourit. Elle me tend l'appareil.

— C'est mon fils. Je ne peux pas mourir. Il est trop jeune.

— On va s'en sortir. Fais-moi confiance. La police arrive. Je te promets que tu vas le retrouver.

Grand silence. Le moindre murmure prononcé dans cette loge attire le regard et les oreilles de chacun d'entre nous. Ne pas parler fort. Bouger le moins possible. Ne pas attirer l'attention.

— Ça a pété au Stade de France, me souffle-t-elle.

Sur son téléphone les alertes se succèdent. Nous ne sommes pas seuls dans la tourmente. D'autres personnes dans Paris sont en train de vivre la même chose que nous. Mais que se passe-t-il ?

D'un coup je comprends ce que signifie cette information. Une rapide échelle de valeurs dans ma tête. Stade de France : quatre-vingt mille personnes ; Bataclan : mille cinq cents…

On va passer en dernier pour les secours.

Je ne sais pas pourquoi je pense à ça. Comme s'il y avait des hiérarchies à établir. Mais j'y pense et là, la peur commence à me manger le ventre. Ne pas céder. Ne surtout pas céder à la panique.

Je compose à nouveau le numéro de la police. Je veux savoir où ils en sont.

Une voix de femme :

— Quel est l'objet de votre appel ?

— Bataclan. Otage. Où êtes-vous ?

Je chuchote. Derrière la porte, l'ombre rôde. Il ne faut pas faire de bruit.

La femme marque une pause puis me répond sèchement :

— Madame, je ne vous entends pas. Parlez plus fort.

— Je ne peux pas. Il est derrière la porte. Bataclan. Otages. Où êtes-vous ? dis-je en augmentant très légèrement le ton de ma voix.

Toute la pièce se tourne vers moi dans un « Chuuut ! ».

La policière perd patience.

— Madame, parlez plus fort ! Je ne vous entends pas. Si vous continuez de parler si bas, je raccroche.

J'augmente encore un peu le son de ma voix, instantanément accueillie par une nouvelle salve de « Chuuut ! ».

— Je ne peux pas. Terroriste derrière porte. Bataclan. Otages. Où êtes-vous ?

— Bon, madame, ça suffit. Je n'entends rien. Vous bloquez la ligne pour de vraies urgences. Je raccroche !

— Pitié, dites-moi où vous êtes !

La policière a raccroché.

Je me sens abandonnée. Je ne comprends pas pourquoi personne n'arrive. Dehors, par la fenêtre, aucune sirène, aucun gyrophare. Ils doivent tous être au Stade de France. Nous sommes seuls au monde. Nous allons mourir.

Les autres me regardent. Ils n'ont rien perdu de la conversation.

— Alors ? murmure quelqu'un.

Et là... je mens. Je sais que toute vérité n'est pas toujours bonne à dire. Et celle-là peut surtout nous tuer. Casser en un seul mot ce qui nous permet de résister depuis bientôt une heure.

— Ils arrivent.

Je me sens honteuse de mentir comme ça. Mais je n'ai pas le choix. Il faut tenir coûte que coûte.

Derrière la porte, les coups de feu se font plus rares. Les échanges entre les terroristes semblent plus calmes. L'ombre qui rôde n'est plus là. Elle a changé de proie pour un instant.

Près de moi, une jeune fille aux jolis traits asiatiques me regarde, les yeux humides. Je lui caresse la joue et lui promets qu'on va y arriver. Qu'il faut garder espoir. Chacun doit prendre soin de son voisin. Nous sommes tous responsables de la personne assise à côté de nous.

Le garçon près de la porte, l'un de ceux qui ont déplacé le canapé, semble extrêmement anxieux.

— Ça suffit maintenant. Moi je sors. Hors de question de crever ici.

Cette phrase sème d'un seul coup un vent de panique au sein de notre amas humain.

Je le fixe. Impossible. Hors de question. Le gentil policier m'a dit qu'il ne fallait pas bouger. Qu'ils arrivaient.

Droit dans les yeux, je lui chuchote :

— Personne ne sort. On ne bouge pas. La police va arriver. Si tu sors on meurt tous.

Les gens autour de nous sont inquiets. Notre harmonie dysfonctionne. Putain, mais que se passe-t-il ?

— T'es qui toi d'abord ? hurle-t-il. Qui t'a élue chef ? Tu fermes ta gueule ! Hors de question de crever avec une bande de connards. Ma meuf est dehors. Toi ton mec est avec toi ! Alors tu la fermes !

L'espace d'une seconde, je suis décontenancée. Que répondre à ça ? À aucun moment je n'ai pensé que certains parmi nous ont pu être séparés dans cet immense bordel… Tout ce que je fais depuis le début, chaque décision, chaque choix est dans le seul but de protéger Alexandre. M'assurer que quoi qu'il arrive, il sorte vivant.

Je comprends parfaitement ce que vit ce garçon, tiraillée entre une forte empathie pour lui et le fait que nous devons continuer de faire bloc. De toute façon, il ne pourra rien pour sa nana tant que les terroristes sont à l'intérieur.

À cet instant une idée sotte me traverse l'esprit. Je me dis que Batman, dont je suis amoureuse depuis petite, ne sert à rien. Qu'il n'existe pas et que ça nous fout sacrément dans la merde.

Je me ressaisis. Je me dresse du haut de mon 1,61 mètre face à son 1,90 mètre. Et je chuchocrie.

— OK, mon mec est avec moi. Mais là, on ne peut pas sortir. Les tireurs sont juste là. On ne peut rien pour ta meuf pour l'instant, mais si tu sors maintenant ce qui est sûr c'est qu'on va tous crever.

Il s'énerve. Saisit la poignée de la porte. Je me tourne vers le garçon près de lui.

— Tiens-le ! Ne le laisse pas sortir !

Les tirs reprennent.

— Tu vois ?! On ne peut pas sortir maintenant ! Ça va aller. Les secours vont arriver. Tu vas la retrouver, je te le promets.

Il me jette un regard noir et se laisse tomber sur la chaise qui jouxte la porte, abattu.

Le pauvre. Je suis horrible… Mais non… Il faut tenir.

À travers la porte, on entend les terroristes qui cherchent à négocier. Un numéro de téléphone est crié à la police par un des otages[1]. Une fois. Puis deux. Puis trois. Mais putain, qu'est-ce qu'ils foutent ?

À la cinquième fois, on le connaît tous par cœur. On se retient de le crier en chœur.

Il est pas loin de minuit maintenant. C'est long et en même temps si court ces heures qui défilent et nous conduisent vers une mort possible. Je pense à ce temps et cette vie qui ne nous appartiennent plus vraiment depuis que nous sommes coincés ici. Comme des animaux pris au piège.

Il fait une chaleur insupportable. Dans la loge, de nombreux hommes sont torse nu. Alexandre a retiré son T-shirt lui aussi. Je n'ai qu'un pull sur la peau et je meurs littéralement de chaud. Tant pis pour la pudeur. De toute façon, l'un d'entre nous a pété tout à l'heure, donc à quoi bon, je ne vais choquer personne en soutien-gorge.

1. Les terroristes ayant brusquement voulu entamer des négociations avec les forces de l'ordre, un otage a proposé son propre numéro de téléphone afin qu'elles puissent s'engager.

J'enlève le haut dans un sourire en pensant bêtement à cette pub des années 90, « Demain, j'enlève le bas ». Y aura-t-il seulement un demain pour nous ? Mon sourire s'efface instantanément.

Un garçon gesticule au fond de la pièce. Il semble tenté de retirer sa veste dans un mouvement lent pour éviter tout bruit. Je le regarde faire. Il est très appliqué. Un long moment passe. Je vois le vêtement bouger centimètre par centimètre. Il arrive enfin à la dernière manche. Tout doux. Tout doux. Et d'un coup un grand bruit : les cintres sur le portant derrière lui…

Toute la pièce se retourne dans un seul mouvement : « CHUUUT !!! »

Sans le vouloir, notre « chut » retentit bien plus fort que le bruit produit par les cintres et ce pauvre garçon. J'ai mal au cœur pour lui car je sais qu'il a essayé très fort. Il a fait de son mieux. Ce soir-là, le noir qui règne dans cette pièce est à la fois notre meilleur ami et notre pire ennemi.

Je ne sais plus vraiment quelle heure il est, je ne regarde plus mon téléphone portable, les messages de mes proches qui s'affichent sur l'écran me brisent le cœur. Ils sont spectateurs passifs de l'horreur. Ils attendent sans savoir ce qui se passe. Morts ou vivants ? Nous seuls savons pour l'instant. Sans en connaître l'issue.

Choix binaire, angoisse intense, silence radio pour eux.

Un bip brise le silence. Puis un deuxième. Trois. Quatre. Jusqu'à douze. Il est minuit.

Là encore, un pauvre garçon à la montre électronique se fait accueillir par un « chut » collectif. Je le vois essayer de s'asseoir sur sa main pour amortir le bruit des bips avec ses fesses. Sans succès. Je ressens une profonde affection pour chacun de nous. On fait tous du mieux que l'on peut. Difficilement. Mais on essaie.

Après une nouvelle interminable attente, subitement tout s'accélère.

On entend un bruit de pas venir de l'escalier. Des voix. Ça bouge en bas. On tend l'oreille pour essayer de comprendre ce qui se passe. Puis ça recommence à crier et instantanément les coups de feu reprennent. C'est la panique. On se serre les uns contre les autres. On retient la porte de toutes nos forces. On ne fait qu'un. Ça tire dans tous les sens. Une explosion retentit. Un homme près de la porte hurle : « Ne tirez pas, je suis un otage ! Otage ! Otage ! » Son cri s'arrête net. Ils ont tué un otage… Puis, juste derrière la porte, une seconde explosion. Celle-ci nous propulse en arrière. L'onde de choc est énorme. La peur qui me ronge le ventre éclate dans une douleur intense. Le plafond vibre, libérant un amas de poussière.

J'embrasse Alexandre dans un dernier baiser, comme au cinéma. J'ai failli à ma promesse. Nous allons mourir ensemble, moi qui voulais absolument rendre à ses parents leur fils unique. J'étais prête à donner ma vie pour lui. Mais j'ai failli.

À travers l'embrasure de la porte, de la fumée, du feu et un liquide, qui vient couler sur nous. Du sang. Je ne vois plus, je n'entends plus. Suis-je morte ?

Ma vision revient peu à peu. Les corps emmêlés de notre prison se déplient un à un. Quelques secondes, peut-être des minutes, s'écoulent. Puis un grand coup résonne contre la porte.

— Police. Ouvrez !

Je suis morte de peur. Je dis à tout le monde :

— On n'ouvre pas. C'est sûrement un terroriste.

Le garçon près de la porte, avec qui je me suis engueulée plus tôt, prend la parole.

— OK, ma gueule. T'es d'la police ? Comment tu t'appelles ?

« Ma gueule » ? Mais bon sang, il est fou ? On n'est pas dans un Audiard !

Derrière la porte, l'homme marque une pause avant de répondre :

— Jérémie. Je m'appelle Jérémie.

J'apprendrai plus tard pourquoi l'homme derrière la porte avait marqué cette pause qui nous coûta une trentaine de minutes supplémentaires enfermés dans la loge. Il était bien policier, mais portait un prénom à consonance maghrébine. Son collègue debout derrière lui, entendant la question, lui avait tapé sur l'épaule en lui enjoignant de ne pas donner son vrai prénom car on risquait de ne pas ouvrir…

Raté.

Sa brève hésitation a eu exactement le même effet.

Je suis dans tous mes états. On recommence à s'engueuler avec le garçon près de la porte, mais cette fois on ne chuchote plus du tout. Tout le monde crie dans la pièce.

— Putain c'est la police, ça suffit maintenant ! On ouvre !

— On veut un mot de passe ! hurle-t-on à plusieurs.

Je me rappelle vaguement avoir entendu quelqu'un de la loge poser une question technique aux policiers. Une histoire de boîtier nous permettant de vérifier qu'il s'agissait bien d'eux derrière la porte. Mais rien à faire, nous n'obtenons aucune réponse. Au bout d'un certain temps, toujours dans le noir, le garçon près de la porte, toujours le même, perd patience, enjambe les gens assis par terre et se dirige vers la fenêtre. Il va se faire tuer. Je me dis qu'il est complètement dingue ! Pourtant son geste nous sera salutaire.

Il ouvre la fenêtre et crie :

— C'est bon ? C'est vous ? On peut ouvrir maintenant ?

Sur son visage et son corps apparaissent une multitude de petits points rouges. Je comprendrai bien plus tard que des snipers le pointaient, prêts à tirer. Un héros, un peu fou, venait de risquer sa vie pour que nous puissions enfin sortir.

Je réalise à cet instant que dehors, alors que le garçon regagne sa place près de la porte, des gyrophares éclairent la ruelle. Depuis combien de temps sont-ils là ? Aucune idée.

Près de la fenêtre, deux jeunes femmes risquent une tête à l'extérieur.

— C'est bien la police ? On peut ouvrir ? demandent-elles timidement.

Une voix retentit :

— Je m'appelle Jean-Michel. Ne bougez pas, j'arrive !

Jean-Michel. On dirait un sketch de Kad et Olivier. « Jean-Michel Délivrance ». Je souris en renfilant mon pull.

Quelques secondes plus tard, on entend courir dans l'escalier et frapper à la porte.

— C'est moi. C'est Jean-Michel. Vous pouvez ouvrir.

Au même moment, un homme que je n'avais pas vu jusque-là se met à parler. Il est au fond de la pièce, près du portant, le nez vissé sur son téléphone.

— Je suis en liaison avec la police. C'est eux. On peut ouvrir.

Le canapé se déplace, le frigo aussi. La porte s'ouvre. La lumière s'allume. Des hommes armés, tout en noir, entrent d'un seul coup. Ils ont l'air très énervés après nous. On hurle en chœur : « Otages ! Otages ! »

Mains sur la tête. Tête baissée. Ne pas faire de vagues pour ne pas s'en prendre une. À cet instant, bizarrement, j'ai vraiment peur de mourir. Les policiers sont à bout de nerfs et je me dis qu'une balle perdue peut vite partir.

Je me tourne vers Alexandre, toujours replié sur lui-même. Je lui mets les mains sur la tête. J'attrape ses affaires. La police nous évacue un par un par la porte entrouverte. On sort enfin. On a survécu. Je ne comprends plus rien de ce qui m'arrive. Sommes-nous vraiment en vie ?

Une question de point de vue

Ce qui a cruellement manqué ce soir-là, c'est la lumière.

Lumière de l'esprit pour les terroristes, pour qu'ils réalisent combien ce qu'ils étaient en train de faire était bien plus proche de l'obscurantisme que d'une quelconque lumière divine. Lumière des plafonniers, pour voir ce que l'on faisait dans cette loge où nous étions réfugiés avec une quarantaine de personnes.

Car oui, il y a toujours deux versions possibles de l'histoire. L'une baignant dans la clarté, l'autre, aveuglément stupide et presque drôle si elle n'était aussi dramatique, et que nous avons vécue en éteignant les lumières.

Lorsque nous sommes entrés dans cette loge pour échapper au terroriste armé qui remontait l'escalier, et auquel je venais de faire face en cherchant à m'enfuir par la sortie de secours, qui était bloquée, j'ai eu comme réflexe de faire éteindre les lampes et fermer la fenêtre. L'idée était de se confiner au maximum afin de « disparaître », de ne pas donner au terroriste toute liberté de nous tuer en nous voyant à travers l'embrasure de la porte. Comme je l'ai dit, ce réflexe m'était tout droit venu du film de Denis Villeneuve, *Polytechnique*, que j'avais vu quelques années plus tôt au Québec, et dont j'avais retenu deux choses essentielles : en cas d'attaque il faut rester solidaires, ne pas agir individuellement, mais aussi s'effacer autant que possible du champ de vision du tireur.

Nous nous sommes donc retrouvés à quarante dans le noir, avec pour seul éclairage la lumière faiblarde qui nous parvenait de la rue.

En résumé, on n'y voyait que dalle.

Moi qui ai toujours aimé jouer à cache-cache, j'avoue que le goût de l'enfance m'est passé très rapidement ce soir-là. Parce que jouer à cache-cache avec un terroriste c'est tout de suite moins marrant et l'enjeu d'office sacrément plus élevé que quand on est môme.

Mes compagnons de galère et moi-même étions donc emmêlés dans des positions plus inconfortables les unes que les autres, dues au manque cruel de place dans ces sept mètres carrés, ce qui n'était pas sans me rappeler la blague que j'aimais raconter, enfant, du nombre d'éléphants pouvant tenir dans une 2 CV.

J'étais collée contre un mur, au bord de la pièce, avec Alexandre, ce qui m'offrait une vue d'ensemble sur notre cachette-prison. Sauf que, dans le noir, impossible de visualiser précisément les visages de ceux avec qui j'étais cachée. Seul celui d'un garçon assis en face de moi, visiblement affairé sur son téléphone à écrire un message d'adieu à ses proches, m'apparaissait distinctement. Il avait l'air serein, enfermé dans sa bulle, résigné à son triste sort.

Ce garçon, j'ai eu la chance de le retrouver quelques semaines plus tard. Je lui racontais combien il m'avait émue, assis avec son téléphone, disant adieu à ceux qu'il aimait. Moi qui n'avais pas osé communiquer avec les miens de peur de leur donner de faux espoirs sur ma possible survie et qui en culpabilisais encore, j'admirais qu'il ait pris le risque d'un adieu, d'un « je t'aime ».

Il m'a alors souri en m'expliquant qu'il n'avait pas écrit de message à ses proches ce soir-là. La vérité est qu'il attendait sagement, ses boules Quies vissées dans les oreilles pour se protéger des terribles cris nous parvenant, et qu'il tapait sa liste de courses car il venait de réaliser qu'il n'avait plus rien à manger dans son frigo. À aucun moment il n'avait pensé qu'il allait mourir dans cette pièce. Il gardait espoir.

Il s'était, avec une simple liste de courses, accroché à un avenir concret.

Entre ce que l'on voit et la vérité, il y a parfois un estomac.

Au bout de deux heures dans cette pièce bondée et close, transpirant de peur, nous étions totalement déshydratés et asphyxiés.

Une jeune femme assise à côté de moi, à l'allure rock et rebelle, s'est levée, en panique, et m'a tendu un papier. « Claus-tro-pho-be… », a-t-elle articulé en me regardant, son papier à la main, tremblant comme une feuille. J'ai compris qu'elle ne rigolait pas. Que

« claustrophobe » n'était pas une façon de parler pour elle, mais bien un réel problème médical que je devais prendre au sérieux.

Après des années à ne pas écouter ma relaxologue de mère me prodiguer ses conseils de respiration, j'ai réalisé soudain combien ils allaient m'être précieux. J'ai pris la tête de la jeune femme entre mes mains, collé son front contre le mien en la regardant droit dans les yeux :

— On manque d'oxygène, mais il en reste encore un tout petit peu. Concentre-toi sur ma respiration, suis-la. Respire par le nez pour faire entrer tout l'oxygène possible. Ça va aller, je te le promets.

Inspirer, expirer. Inspirer, expirer.

Ses yeux ne lâchaient pas les miens dans un mélange d'espoir et de désespoir.

Inspirer, expirer. Inspirer, expirer.

Sa respiration a commencé à se faire plus lente, plus calme.

— Continue comme ça. Tu sens l'air qui entre ? Il est là, ma douce. Ça entre. Continue de respirer.

Malgré tout, l'air se faisait réellement de plus en plus rare.

Alexandre a relevé les yeux vers moi.

— Y a plus d'air, on va vraiment crever, a-t-il lâché d'un ton lourd.

Il avait raison. C'est maintenant qu'il fallait agir.

Cette fenêtre que j'avais fait fermer plus tôt par peur qu'elle ne nous tue en restant ouverte était finalement en train de nous tuer en restant fermée.

« *Life is a bitch* », ai-je pensé.

Je me suis mise à chuchoter le plus bas possible.

— Écoutez-moi. On va voter pour ouvrir la fenêtre, car il n'y a plus d'air. Ceux qui veulent garder la fenêtre fermée, levez la main.

Le vote était le seul moyen que j'avais trouvé pour ne pas transformer l'esprit de groupe si vital qui nous unissait en anarchie la plus totale. Au premier vote, majorité de non, minorité de oui. Je me suis dit « on est foutus ». Mais en bonne Française que je suis, ayant à cœur les valeurs politiques de mon pays, je n'ai pas lâché et j'ai fait subir à mes camarades de loge la même chose que ce que l'État nous avait fait subir quelques années plus tôt lors du référendum européen : j'ai refait voter jusqu'à obtenir, enfin, le oui massif que j'attendais. J'ai bien conscience que le procédé n'est pas très démocratique, mais parfois, la fin justifie les moyens.

Il avait fallu cinq votes mais nous allions enfin pouvoir respirer à nouveau.

Nous avions réglé un premier problème ; le second n'a pas tardé à se rappeler à nous : la soif.

Qui dit quarante personnes dans sept mètres carrés dit chaleur.

Qui dit attaque terroriste dit peur, donc sueurs, donc chaleur.

Qui dit chaleur et encore chaleur dit déshydratation…

Un jeune homme assicroupigenouillé à côté de moi me tape alors sur l'épaule en me tendant une canette remplie d'une substance chaude et marron.

— Bois une gorgée et fais passer.

Du Coca chaud… Le pire que l'on puisse boire quand on a soif. Mais nous n'avons que ça et je ne suis pas en position de faire la difficile. J'avale, et tel un liquide précieux, je tends tremblante la canette à ma voisine. J'interromps ici mon récit pour rallumer la lumière sur cette loge afin de vous montrer combien cette situation était aussi tragique que ridicule, si tant est qu'on y apporte un éclairage.

La femme à qui je venais de tendre la canette n'a en fait jamais été accroupie, pas plus que d'autres silhouettes de la loge, mais plutôt assise sur une forme. Et cette forme nous est apparue bien distinctement lorsque la BRI nous a libérés au bout de trois heures et demie : ces masses sombres sur lesquelles nous étions assis n'étaient rien d'autre que… des packs de bouteilles d'eau ! Je me souviens à cet instant-là, l'instant de notre libération, m'être retournée vers mon voisin de canette. Nous nous sommes regardés, incrédules. C'est la seule fois où j'ai vraiment eu envie de rire ce soir-là, et lui aussi je crois. Envie qui nous est passée dès que nous avons posé notre premier pied en dehors de la loge et découvert « l'extérieur ».

L’humanité au coin de la rue

Je n’ai réellement pris la mesure de ce qui venait de nous arriver que lorsque nous avons été « délivrés » de notre loge. Pendant ces trois longues heures d’enfermement, je m’étais trouvée dans ce que les médecins appellent un « état de dissociation ».

Magnifique mot savant pour expliquer que vous avez définitivement la tête dans le cul.

Quand je suis sortie de la loge, c’est justement mon instinct de cinéaste qui s’est enclenché, me passant toute la scène en noir et blanc, comme pour me protéger de ce que j’étais en train de voir.

La première chose, c’était ce corps mort, allongé sur le sol, un policier presque debout sur lui. Devant ce corps et tout ce sang, le policier, se voulant rassurant, m’a lancé d’une voix blanche, cagoule sur le visage : « Faut pas regarder ça, madame, c’est d’la merde, c’est pas des êtres humains. » Malheureusement, loin de me rassurer, cette phrase m’a percutée avec une extrême violence car elle laissait transparaître combien même lui, ce Robocop de la vie réelle, vivait un cauchemar. Je me souviens de ses yeux entourés de leur cagoule noire. Des yeux qui en avaient trop vu, noyés de tristesse. Des yeux fragiles d'humain.

J'ai décroché mon regard du corps du terroriste pour me diriger vers les escaliers. Tout le long, des policiers me fouillaient, me donnant l'impression de ne pas toucher le sol, comme si je volais. En arrivant dans la salle, éclairée d'une lumière crue et intense, cette salle dans laquelle j'étais entrée pleine de joie quelques heures auparavant, j'ai d'abord été saisie par l'odeur. Un mélange de poudre, de sang et d'angoisse, une odeur de mort qui vous saisit de l'intérieur. Puis par le silence. Un silence assourdissant.

J'ai posé un pied sur la scène, d'un pas bien mal assuré. Cette même scène sur laquelle un moustachu roulait des mécaniques quelques heures plus tôt en nous annonçant une « *big surprise* ».

Cette scène de la vie en France où l'on s'amuse, où l'on se cultive, qui avait désormais cédé la place à un champ de bataille.

J'ai continué d'avancer, sans entendre les conseils du policier qui me priait de regarder vers le haut.

Là, j'ai vu. Je me suis surprise à tout regarder, cherchant désespérément quelque chose qui pourrait m'indiquer que rien de tout ça n'était réel. N'importe quoi d'*avant* auquel me raccrocher.

Mais rien.

Rien que l'horreur de cette salle trop silencieuse.

Le mot « fosse » a d'un seul coup pris tout son sens. Par terre, c'était un charnier. Que du sang et des corps sans vie, à qui l'on venait d'arracher tout avenir.

Ce garçon étendu sur le sol en T-shirt blanc hante encore aujourd'hui chacune de mes nuits. J'aurais voulu m'allonger contre lui et lui dire « ça va s'arranger, tout ça, c'était *pour de faux* ». Le chanteur, Jesse, allait revenir sur scène en nous disant « je vous ai bien eus. C'était pour rire ».

Un truc étrange, sous mes pieds, m'a tirée de mes pensées. J'ai baissé les yeux et c'est là que je l'ai aperçu. Ce morceau de visage de l'un des terroristes. Cette pièce de puzzle morbide qu'ils nous laissaient pour tenter de comprendre plus tard l'incompréhensible. C'était la première fois de ma vie que je voyais un corps incomplet.

Quelle était donc cette folie qui poussait nos frères et sœurs à s'infliger cela ?

Quelle drôle de façon de mourir. Quel désespoir dans cette fin.

Redescendant vers la coursive où nous étions plus tôt, je me suis rendu compte combien ma fatigue, quelques heures plus tôt, nous avait sauvé la vie… Combien la décision de monter à l'étage nous avait finalement permis de sortir vivants. Car sur cette coursive où une jolie jeune femme en chemisier de couleur m'avait fait une place contre la barrière pour y poser mes affaires… désormais, cette jeune femme à qui j'avais souri se trouvait au milieu d'un amas de corps.

Images des camps de la mort. Souvenirs de ces cours d'histoire sur la Shoah. L'histoire était en train de s'écrire avec moi. J'étais, à mon insu, devenue l'histoire.

On longe la coursive. Le stand de T-shirts. Toujours des corps partout. On avance dans l'entrée. On nous presse de sortir.

Dehors, j'ai l'impression très étrange d'être détachée d'un seul coup de mon histoire propre. D'autres corps jonchent le sol, cachés sous des draps. Des nuées de journalistes nous guettent, des brancards fusent de tous côtés, fonçant vers nous. Nous ne savons pas où aller, nous ne savons plus quoi faire de nous-mêmes.

Je tends son T-shirt et sa veste à Alexandre.

— Je crois qu'on vient de se marier… à la vie à la mort.

Il me regarde et me répond en souriant :

— On ne s'ennuie jamais avec toi.

Un intense sentiment de culpabilité m'envahit. Cette petite phrase qui tente maladroitement de s'accrocher à la vie me fait très mal. Elle n'a pourtant pas été prononcée pour ça.

Une policière nous indique une cour rue Oberkampf dans laquelle nous nous engouffrons. Téléphones à la main, on appelle nos parents. J'envoie un message sur Facebook pour avertir nos amis dans l'attente que nous sommes sortis, que nous sommes vivants. On se serre fort.

C'est dans cette cour de la rue Oberkampf, où nous nous retrouvons l'air hagards, gelés par le froid et la sueur qui dégoulinent le long de nos corps, que l'humanité a décidé de rayonner à nouveau.

Deux silhouettes timides se détachent de l'obscurité. L'une aux cheveux frisés, arborant un sourire chaleureux. L'autre aux cheveux raides, analysant la situation. La jeune femme aux cheveux frisés s'approche de moi, me pose la main sur le bras et me demande si ça va. Celle aux cheveux raides, restée en retrait, me regarde fixement. Elle semble terrifiée du spectacle que nous offrons.

Voilà bientôt trois heures que j'ai envie de faire pipi. Je crois que maintenant que nous sommes délivrés, je peux enfin écouter ma vessie.

Anne-Sophie et Taline, les deux jeunes femmes, m'orientent vers une salle d'eau commune, comme il en existe encore dans les vieux immeubles parisiens. J'avance un pas après l'autre. Je chancelle. Taline me soutient du mieux qu'elle peut. Je rentre.

Un spasme me submerge. Je cours vers la porte, qui est close. Quelqu'un est déjà à l'intérieur. La poubelle. Je vomis toute la bile qu'il me reste dans le ventre.

En relevant les yeux vers le miroir au-dessus de moi, je découvre un visage inconnu. Le reflet que me renvoie la glace n'a rien à voir avec la jeune femme que je suis. Mes yeux sont vides. Ce visage me dégoûte réellement.

Il sera pourtant le mien désormais.

Je rejoins Alexandre dans la cour. Il discute avec la femme aux cheveux frisés.

J'exprime mes besoins comme une enfant aux gens qui m'entourent. « Un chargeur pour mon portable… De l'eau… »

Deux hommes courent dans tous les sens pour nous rapporter des couvertures, une rallonge, un chargeur de portable. Une autre jeune femme s'approche de moi :

— Comment tu t'appelles ?

— Caroline.

— OK, Caroline, moi c'est… (Je ne me rappellerai jamais son prénom.) Je suis là. Si tu as besoin de quoi que ce soit, tu me demandes. Prends une bouteille d'eau.

Un policier relève nos identités. Nous plaisantons vaguement avec le couple à côté de nous sur la moitié de couverture de survie que nous nous partageons. « C'est la crise, hein… » Du bâtiment qui donne sur la rue un homme hurle : « Mais qu'est-ce que tu fais là, connard ? Mais rentre chez toi ! » J'apprendrai plus tard que cette apostrophe visait Manuel Valls, le Premier ministre.

Les politiques sont en train d'arriver par la rue Oberkampf. La police court dans tous les sens. L'urgence est à leur protection. Un sens des priorités qui me laisse perplexe au vu du chaos qui règne encore sur place, du nombre de gens qui sont encore en danger de mort.

À l'intérieur de la cour, pourtant, le temps s'est arrêté. Il règne ici une humanité, une gentillesse qui adoucissent petit à petit nos cœurs. Je n'ai jamais vu ma ville aussi belle.

Il est 3 heures du matin, peut-être 4, quand un policier vient nous chercher pour nous conduire à un bus : direction la cellule d'urgence de la mairie du XIe. Je dis au revoir aux gens qui nous ont aidés. Un sentiment de déchirement m'envahit. Nous ne sommes plus maîtres de rien. Nous subissons, nous suivons, nous écoutons, sans faire de choix. Nous en sommes incapables, de toute façon.

L'homme au chargeur de téléphone me poursuit. Il me tend du chocolat, une tasse de café fumante, une couverture. Je lui réponds que l'on doit partir, et que je ne veux pas prendre ses affaires, je ne pourrai pas les lui rendre. Je ne sais même pas comment il s'appelle. Il me répond qu'il s'en moque et qu'il s'appelle Christophe.

J'ai envie de l'embrasser, de les serrer contre moi, tous ces beaux humains, ces hommes et ces femmes prêts à nous donner ce qu'ils possèdent, sans réfléchir, pour nous aider. Je n'ai jamais connu ça. Cette fois c'est moi la réfugiée qui vient de la guerre. Celle qui s'enroule dans une couverture de survie, immobile, entourée d'aidants qui courent dans tous les sens.

Une fois encore, j'ai l'impression que l'on nous arrache aux autres. On échange un simple merci, il n'existe pas de mot assez fort pour leur témoigner la gratitude que je leur porte à cet instant. Je ne les reverrai sûrement jamais ; nous ne savons pas encore qu'il y aura un demain, une volonté farouche de se retrouver, de se serrer, de se dire une nouvelle fois merci.

Sur le chemin vers le bus, les journalistes se pressent. Ils nous hèlent, nous mitraillent de photos. Je passe à côté de Dave Catching, un des membres des Eagles of Death Metal aux allures de Père Noël.

J'ai une envie irrépressible de lui faire un câlin. Le voir là, vivant, c'est comme si rien de grave n'était arrivé. Comme si personne n'était mort. Comme si tout allait bien se passer.

On monte dans le bus. On s'installe au fond. À côté de nous, un homme. Il me reconnaît de la loge, où nous étions ensemble. On parle de notre inquiétude pour la suite, pour les musulmans de France qui vont encore en prendre plein la gueule. Et le besoin qui va s'imposer de tous faire bloc, ensemble, contre la connerie. Cet homme s'appelle Alexis. Il a un visage sage et apaisant qui me marque.

Un autre garçon se retourne sur son siège, se présente : « François. » Il me remercie d'avoir aidé dans la loge. Je ne lui réponds pas. Qu'y a-t-il à répondre ?

Le bus s'arrête. Nous sommes arrivés.

Sur le parvis de la mairie, même topo, une masse impressionnante de journalistes est parquée derrière des barrières. Quelques-uns arrivent à passer à travers, mais se font dégager manu militari par les services de secours. Ça crie, ça flashe, ça filme. Je suis de l'autre côté de la barrière ce soir, et je sens au fond de moi que plus jamais je ne pourrai exercer ce métier.

La protection civile a fait un travail incroyable ce soir-là. À tenter de maîtriser la situation, nous protéger de leur mieux des journalistes, nous prendre en charge. Nous sommes les derniers dans la queue pour entrer dans la mairie du XIe.

J'ai envie de fumer. Je ne crois pas avoir encore fumé une seule cigarette depuis que nous sommes sortis. Je me tourne vers un garçon de la protection civile, très grand, et lui demande si je peux rester dehors le temps d'une cigarette. Il regarde autour de lui les journalistes qui nous mitraillent.

— Il serait plus sage de rentrer, je pense. On va voir pour que vous puissiez fumer dans la cour.

Je le remercie poliment quand il ajoute, tout à trac :

— Vous venez d'échapper à la mort. Vous êtes sûre de vouloir fumer ? Ça pourrait être le moment idéal pour arrêter.

Je ris. Je ris car il a raison. Je ris car la situation tout entière est grotesque. Je ris car il est le premier à me parler comme à une personne et non comme à une victime, à m'extirper de cette horrible nuit, à évoquer l'avenir et la vie.

On entre avec lui dans la mairie, on passe devant tout le monde pour se faire enregistrer afin que je puisse enfin aller fumer dans la cour.

— Merci, me lance-t-il.

Je ne comprends pas pourquoi.

— Ça caille dehors, du coup grâce à vous on a pu entrer plus vite. Finalement, continuez à fumer. Ça ouvre des portes.

Ce type est incroyable avec son humour comme un rempart depuis le début. Il me fait du bien. À Alexandre aussi.

Ma cigarette éteinte, on nous indique un escalier qui mène à la grande salle. Je découvre pour la première fois l'intérieur de la mairie de mon arrondissement. Dans le couloir, quelqu'un nous propose un « kit d'hygiène ». À quoi ça sert ? On continue d'avancer, un monsieur en pantalon blanc nous double, un kit à la main. Il entre dans les toilettes et je constate sur ses fesses une marque brune. Voilà donc l'utilité de ces kits. Qu'ont fait de nous ces salopards…

Dans la grande salle, au milieu des peintures et d'une décoration chargée, aux dorures et tapisseries luxueuses, sont rassemblés des centaines de rescapés couverts de sang ou trempés de sueur de la tête aux pieds. Le décalage est surréaliste.

Autour de nous, l'équipe de la protection civile continue de courir de personne en personne, apportant un café, à manger, une parole de réconfort.

De l'autre côté de la pièce, j'aperçois Alexis, l'homme du bus. Je lui fais signe. Nous le rejoignons et parlons longuement tous les trois. Un jeune garçon de la protection civile, une vingtaine d'années tout au plus, s'assoit à côté de nous et nous propose de faire notre « débriefing » avec lui. Je commence à parler, mais au fur et à mesure de mon récit, je vois son visage se décomposer. Je m'interromps et m'excuse :

— Il vaut mieux qu'on arrête, non ?

Il se lève et part d'un pas chancelant.

Du fond de la salle, une femme en tenue de la protection civile prend la parole en criant :

— Ceux qui habitent près de la mairie, vous pouvez rentrer chez vous à pied, ainsi que ceux dont les familles sont venues les chercher.

Alexis, l'homme du bus se lève, il nous salue. Au même moment, François, l'autre garçon de la loge, passe derrière nous.

— Encore merci ! Merci pour ce que tu as fait pour nous. J'espère qu'on se reverra.

Je lui lance un timide :

— Oh, j'ai pas fait grand-chose.

Nous ne pensons pas à échanger nos numéros de téléphone. Tous deux s'en vont. La salle se vide peu à peu. Je ne veux pas rentrer à pied, j'ai trop peur de sortir de cette bulle de sécurité, trop peur du dehors.

J'attrape un type de la protection civile et lui explique nerveusement, agrippée au col de sa veste, que je refuse de rentrer à pied, j'ai ma couverture de survie sur le dos, s'il reste des terroristes dehors ils pourront m'achever facilement, il faut qu'une voiture nous ramène.

Il comprend ma détresse car il trouve quelqu'un pour nous raccompagner.

Dehors, il n'y a plus âme qui vive, excepté des militaires de l'opération Sentinelle. Un cycliste se fait engueuler par un flic, « c'est vraiment pas le moment de vous balader, rentrez chez vous tout de suite ». On échange un regard. Qu'il doit être bon de ne pas savoir. Que j'envie cet inconnu à vélo.

Sur le chemin de la maison, c'est l'état de siège. Notre conducteur nous raconte qu'il a vécu longtemps ici, ça lui fait tout bizarre de voir le quartier comme ça. Les abords de La Belle Équipe sont bouclés par des barrages de police. Il m'explique brièvement la situation de ce café voisin de chez nous. Ce café où il y a quelques semaines je prenais un verre avec mon amie Nadège… Je m'enfonce un peu plus dans mon siège.

Ils sont venus jusque chez moi.

Enfin, j'aperçois notre immeuble. On remercie notre conducteur. On ouvre la porte d'entrée, on monte à notre appartement. Double tour de clé sur la porte. Notre premier réflexe : retirer nos vêtements, tout dans la machine à laver, puis se doucher.

Sous le jet d'eau chaude je sens mon corps comme si j'en avais conscience pour la première fois de ma vie. L'eau me masse, elle perle sur ma peau. À mes pieds, une couleur marron-rouge s'évacue par le siphon.

Alexandre prend sa douche à son tour, il m'embrasse, il va dormir. Je suis admirative car je suis incapable de fermer l'œil. Je ressemble à un hibou, avec mes yeux tout ronds impossibles à fermer. J'observe la nuit, je guette les prédateurs. L'obscurité fait remonter les images. Je dois rester éveillée pour protéger Alexandre au cas où ils reviennent.

Cette nuit-là, j'enchaîne les coups de téléphone, avec ma mère, avec mes amis installés au Québec pour qui il est encore tôt.

Cette nuit-là, je ne dormirai pas.

Comme les cinq nuits suivantes.

Retour à la réalité

Les jours qui suivent sont flous.

Il me semble qu'ils n'en forment qu'un seul, difficile. Impression liée, j'imagine, au fait que je ne dors plus du tout.

Le samedi 14 novembre, à 8 heures du matin, mon téléphone sonne. Une ancienne collègue journaliste.

Ça commence…

— Caroline, j'ai appris ce qu'il t'est arrivé. Nous allons sortir un numéro spécial mercredi. Tu dois parler, les gens ont besoin de savoir.

Je réponds non. C'est trop tôt. Et puis je n'aime pas ce journal. Le traitement qu'ils avaient fait de l'attentat contre *Charlie Hebdo* quelques mois plus tôt m'avait horrifiée.

Donc non.

— Tu n'as pas le droit d'être égoïste, Caroline. Les gens doivent savoir ! C'est un devoir ! Tu ne peux pas garder ça pour toi, ça ne t'appartient pas.

Dans mes souvenirs, je lui hurle un énorme « merde », avant de lui raccrocher au nez.

Et je réveille Alexandre avec mon hurlement...

Sur mon téléphone se succèdent des dizaines de messages, de SMS, de tags Facebook.

Il y a ceux qui veulent prendre des nouvelles, ceux avec qui on est fâchés depuis un moment qui s'excusent, ceux qui vous taguent car il est de bon ton de connaître quelqu'un qui y était, les amis qui s'empêtrent dans des mots maladroits tant il n'y a rien à dire, la famille qui vous embrasse, la cousine qui se marie aujourd'hui et qui vous dit que vous savoir en vie est son plus beau cadeau. Mais rien de mon grand-père.

Il faut savoir, pour comprendre mon étonnement, que mon grand-père est perfusé en permanence à l'actualité. Il a, vissé sur les oreilles depuis maintenant une dizaine d'années, un casque sans fil connecté tantôt à la radio, tantôt aux chaînes d'info en continu, de 8 heures à 2 heures du matin tous les jours.

Son silence est donc pour le moins surprenant.

Je compose son numéro. Une voix ensommeillée me répond.

— Allô, Papi ? C'est Caro.

— Bonjour ma grande. Tu es bien matinale ce matin.

— Je t'appelle juste pour te dire qu'on est vivants. On n'a pas été blessés. On est rentrés à la maison tous les deux maintenant.

Un long silence. Un raclement de gorge. Puis quelques mots mal assurés.

— Attends, attends. Qu'est-ce que tu me racontes ?

J'entends derrière lui le craquement des marches que mon oncle est en train de descendre.

— C'est Caro ?

— Oui, c'est Caro. Vous pouvez m'expliquer ce qu'il se passe ?

— Raccroche, on va la rappeler.

Mon oncle saisit le téléphone et raccroche.

Mon grand-père ne sait pas. Pour la première fois depuis dix ans, il n'a pas regardé la télévision, pas écouté la radio, pas entendu une seule information depuis vingt-quatre heures.

C'est surréaliste que ce soit le jour où sa petite-fille a failli mourir, mais c'est bien mieux comme ça.

Le hasard, encore une fois, fait bien les choses.

Quand il me rappelle enfin, il est déboussolé. Il me pose des questions, essaie de comprendre. Comme en pilotage automatique, je lui livre le récit de la nuit, mot pour mot comme je l'ai récité à ma mère, à mes amis, à tous ceux qui me téléphonent. Comme si je racontais le scénario d'un mauvais film. Je suis totalement détachée, comme si rien ne me touchait vraiment.

Ce jour-là, sa première réaction sera de m'interpeller sur la dangerosité de mes hobbies. À situation exceptionnelle, réponse de merde. Car il n'y a rien à dire à ceux qu'on aime et qu'on a failli perdre, à ceux qui ont vécu l'horreur. Il a raison.

Alors que je vais pour raccrocher, celui que je connais depuis ma naissance, ce papi qui a vécu la Seconde Guerre mondiale quand il était petit et qui a toujours refusé de nous en parler, me glisse comme une promesse :

— Ma grande, quand tu viendras la prochaine fois, je te raconterai mon enfance pendant la guerre. Maintenant, je crois que tu peux comprendre.

Cette drôle de phrase, qui définit ma bascule dans un autre monde, je l'entends désormais bien plus souvent que je n'aurais pu l'imaginer.

Un peu plus tard, on sonne à la porte. Panique avec Alexandre, je suis persuadée que ce sont les terroristes qui viennent nous « terminer ». À travers le judas, je découvre mes voisins du dessus.

Je leur ouvre. Ils ont l'air traumatisés.

— On a appris pour vous par ton Facebook. On voulait juste vous dire qu'on va faire des courses. Si vous avez besoin de quoi que ce soit, dites-nous. N'hésitez pas, quelle que soit l'heure. On est là.

Je suis totalement décontenancée par toute cette attention que je reçois depuis cette nuit. Mes chers voisins, mes amis, merci d'avoir tant fait pour nous, sans intrusion, par pure gentillesse. Ce que vous nous avez offert n'a pas de prix. Cet élan d'amour nous a donné envie de nous battre. Nous a rappelé combien l'humanité est aussi remplie de belles personnes.

Ils reviennent de leurs courses les bras chargés de victuailles pour nous : du pain, du jambon, des légumes, des yaourts…, et surtout du chocolat « pour le moral, parce que de la douceur ça fait jamais de mal », me dit mon voisin dans un sourire.

Le dimanche 15, je convaincs Alexandre que nous devons nous rendre à la cellule d'urgence psychologique à la mairie du XIe. On ne veut pas sortir, mais je sais qu'il le faut.

On s'habille sans conviction, on se dirige vers la porte avec appréhension, clé dans la serrure, un tour, deux tours, nous voici dehors. Dans la rue, tout est au ralenti. Le trajet de chez nous à la mairie est court, mais il me semble pourtant le bout du monde. Nous sommes en hyper-vigilance. Le moindre bruit est un danger potentiel, je suis aux aguets, je sens que la mort nous guette au coin de chaque rue.

Plus que quelques mètres avant la mairie, quand nous entendons soudain des cris dans une langue étrangère. Puis un grand bruit. J'attire Alexandre vers moi, nous nous plaquons contre un mur, en essayant de nous faire le plus petits possible. L'homme aux hurlements apparaît à l'angle de la rue. J'avale douloureusement ma salive avant de découvrir qu'il est déguisé en mariachi, guitare à la main, entonnant un nouveau « ayayayayaya ! » strident.

Je regarde Alexandre, tétanisée par ce spectacle, et nous éclatons de rire. Paris, bien que salement amochée, reste encore et toujours la ville de tous les possibles, où l'on peut croiser en quarante-huit heures des terroristes qui jouent de la kalach et des mariachis armés d'un banjo.

Caramba, mon cœur a bien failli lâcher.

Sur le parvis de la mairie, encore et toujours cette nuée de journalistes à l'affût. L'une d'entre eux s'approche de nous.

— Bonjour. Vous étiez au Bataclan ? Vous allez à la cellule ? Vous pouvez nous raconter ?

La pauvre a pris pour tous les autres.

— Maintenant, ça suffit. Il n'y a pas que le Bataclan, de un. Et de deux, foutez-nous la paix. Vous aimeriez que je vienne vous faire chier avec une caméra si vous veniez de vous faire éclater la gueule ? Non ! Alors foutez-nous la paix !

Je la laisse en plan avec sa caméra. Il y a quelques mois, c'était aussi mon métier. Je ne regrette décidément pas de l'avoir quitté.

À l'intérieur de la mairie, on nous dirige vers la même grande salle que deux nuits plus tôt. Dans le couloir, de nombreuses personnes attendent sur des sièges qu'on les invite à entrer. On prend nos noms sur une liste. Combien de listes contiennent nos noms aujourd'hui ? Des dizaines ? Des centaines peut-être ? Nous sommes devenus des données, des numéros de dossier.

On s'assied pour attendre notre tour. Autour de nous, certains se retrouvent dans de grandes embrassades nourries de larmes, d'autres pleurent dans leur coin, seuls. D'autres encore regardent droit devant eux, comme happés dans leurs souvenirs.

Après une longue attente, on vient nous chercher. Alexandre d'un côté de la salle, moi de l'autre. À nouveau séparés.

Un jeune psy, gentil, me propose de faire mon « débriefing » avec lui. En langage normal, cela signifie raconter mon histoire. Mon pilotage automatique se remet en marche. Je déroule mon récit bien rodé, totalement détachée de moi-même pour ne pas me faire du mal. Se protéger est devenu une question de survie.

Le psy m'écoute, attentif. Quand j'ai fini, il plante ses yeux dans les miens :

— Je vais sortir de mon rôle quelques instants pour vous dire que vous avez été héroïque. Vous avez sauvé la vie de ces gens ce soir-là.

La colère monte en moi. Je ne suis pas héroïque, j'ai juste essayé de sauver ma peau et celle de mon Alexandre. Il n'y a rien d'héroïque à avoir vu et entendu des dizaines de personnes se faire massacrer pendant des heures, sans pouvoir faire quoi que ce soit. Si c'est pour entendre des conneries pareilles, j'aurais mieux fait de rester chez moi.

Le pauvre psy comprend qu'il n'a pas dit ce que j'attendais. On n'est vraiment pas faciles, nous autres rescapés. Sur un ton bienveillant, il m'explique que ma réaction est liée à ce que l'on appelle « la culpabilité du survivant ». Il m'explique aussi que je suis en état de sidération. Que je souffre de stress post-traumatique aigu. Ses mots n'impriment pas. Je les enregistre sans les intégrer. C'est trop tôt. Il y a trop d'éléments à gérer et je suis épuisée. Inconsciemment, je range cela dans un coin de ma tête, dans le dossier « à traiter ultérieurement ». Je ne retiens réellement que les quelques médicaments d'appoint qu'il me prescrit pour m'aider à dormir.

À l'accueil, on reprend nos noms, prénoms, adresse et téléphones, auxquels sont joints nos dossiers de « débriefing ». Il n'existera aucune trace de mon passage à cette cellule quelques mois plus tard. Alexandre, lui, recevra un certificat. Les méandres de l'administration française semblent décider pour nous si l'on existe encore ou non.

Cette sortie nous a épuisés. Sur le trajet du retour, je propose à Alexandre de faire quelques courses.

Nous nous dirigeons vers notre petit supermarché de quartier. Devant nous, attendant que le feu piéton passe au vert, se tient une famille. La petite fille veut traverser, mais se fait rattraper par son père. Un père en djellaba, accompagné de sa femme qui porte le voile. Ils traversent et entrent dans le magasin. Je panique.

— Alex, on ira plus tard.

« Non à l'amalgame », c'est plus facile à dire qu'à faire. J'ai honte de moi. Je comprends que la première bataille à gagner, c'est celle contre moi-même, contre ma peur et contre la folie. Ne pas laisser les terroristes faire de moi ce que je ne suis pas.

« Je ne suis pas raciste parce que je combats le raciste qui est en moi », a écrit Tomi Ungerer dans son livre *Vracs*.

Cette phrase allait devenir mon leitmotiv.

Je me le devais plus que tout pour ne pas perdre ce qu'il restait de moi.

La victime

Victime.

Voilà le statut que nous a donné le 13 novembre.

Un statut dont je me passerais bien car il ne me résume en rien. Et pourtant, ce statut est la condition sine qua non pour avoir accès aux droits, aux soins dont je suis désormais une « bonne cliente ». J'utilise le mot *cliente* car c'est l'impression que l'on m'a donnée dès le lendemain du 13.

Le lundi 16, ma maman et ma petite sœur ont fait le trajet jusqu'à Paris pour s'occuper de nous. Nous sommes en train de boire un thé lorsqu'une employée de mon assurance m'appelle, en réponse à mon mail envoyé la veille.

Je me présente brièvement, par mots-clés. Mots-clés qui définiront chacune de mes conversations les mois suivants : « Je m'appelle Caroline, j'étais au Bataclan. Je ne suis pas blessée, je suis juste perdue. »

Elle me demande quelles sont mes attentes. De manière un peu hésitante, j'explique que je cherche un suivi psy pour moi et mon compagnon, et que j'ai perdu ma veste, à laquelle je tenais, sur le balcon où j'étais assise avant l'attaque. La dame me répond qu'ils ne peuvent pas me prendre en charge pour un suivi psychologique, et qu'elle ne comprend pas la question par rapport à ma veste. Je lui réexplique que cette veste compte beaucoup pour moi, et que j'aimerais savoir quoi faire. Le ton de mon interlocutrice change soudainement, laissant place à une sorte de colère sourde.

— Non mais, madame, vous n'êtes ni morte ni blessée ! Vous pourriez avoir un peu de décence pour les vraies victimes.

Voilà, le couperet est tombé. Je suis une « fausse victime ».

Celle qui abuse des aides, des droits, alors qu'elle ne le mérite pas. Celle qui n'a pas de statut. Celle qui parle de sa veste alors que tant de vies ont été arrachées ce vendredi 13 novembre. Je crois que c'est à cet instant que s'est ancré en moi, indéracinable, ce sentiment horrible et pourtant si commun aux rescapés : la culpabilité du survivant.

Effectivement, au regard des événements, faire un blocage sur une veste perdue face à des dizaines de morts, ça semble dans le meilleur des cas stupide, au pire ignoble.

Après plusieurs mois d'échanges avec d'autres rescapés, j'ai compris combien ce blocage sur ma veste était pourtant la clé du problème.

J'avais laissé ce soir-là, dans cette salle, une partie de moi-même qui m'était désormais manquante et introuvable. Cette partie de moi, matérialisée par cette veste, n'était en fait rien de plus que mon innocence, mes illusions et ma foi en l'humanité. Et ça, aucune assurance ne pouvait le comprendre, et encore moins me le dédommager.

Le lendemain de cet échange terriblement violent, j'ai reçu un appel d'une psychiatre spécialisée dans l'accompagnement des victimes d'attentats. Une amie infirmière lui avait donné mes coordonnées, afin qu'elle puisse m'aider.

Bien entendu, après l'échange de la veille, il ne m'apparaissait plus du tout pertinent qu'on s'occupe de moi, ne figurant pas au rang des « vraies victimes ».

La psychiatre me présente les démarches à effectuer pour démarrer une bonne prise en charge, en m'expliquant que je suis bel et bien une « vraie » victime, avec des blessures invisibles, et que j'ai droit à être aidée. Après vingt minutes à tenter de me convaincre, elle m'encourage à porter plainte auprès du commissariat le plus proche.

Au terme d'un long moment d'automotivation, je finis par attraper le téléphone pour me renseigner. Premier appel au commissariat de mon quartier.

— Bonjour, je souhaite porter plainte car j'étais au Bataclan.

— Ah oui ? Et contre qui souhaitez-vous porter plainte ? ricane le flic au bout du fil.

J'avoue ne pas savoir quoi répondre à cette « excellente » question.

Le bon côté, c'est que même sans le vouloir, j'arrive encore à faire rire quelqu'un, bien que je ne voie pas trop ce qu'il y a de drôle dans ma demande. Peut-être ai-je perdu mon humour en même temps que ma veste. Là-dessus, le flic se lance dans un monologue d'où il ressort que la police a vraiment autre chose à foutre en ce moment que de prendre trois mille plaintes, je ne suis peut-être pas au courant mais des terroristes sont dans la nature, alors hein, ils ont d'autres priorités à l'heure où je lui parle.

Autant de mots qui, mis bout à bout, vous font douter de vous-même…

Devant mon silence, il a dû finir par avoir pitié de moi, il m'a passé son supérieur. Là, même accueil. Et le supérieur m'a transférée à la préfecture de police.

À la préfecture de police, ils ne savent pas, ils n'ont pas reçu de directives. On me passe à nouveau un responsable, qui me répète la même chose. Personne, à commencer par moi, ne sait quoi faire de nous.

À cet instant très précis, je me fais l'effet d'un personnage des *Douze Travaux d'Astérix*, obligée de constater combien l'administration française peut être pesante au pire moment de votre vie.

On m'explique que l'on va me transférer au ministère de la Justice, où je finis par avoir quelqu'un de la Cellule interministérielle d'aide aux victimes, mieux connue sous le sigle CIAV.

Et là, miracle ! Au téléphone, une voix douce me dit : « Maintenant ça suffit ! Qu'est-ce que c'est que ces conneries ! Oui, vous devez porter plainte ! Oui, vous avez des droits ! Oui vous êtes victime ! On va vous aider, ne vous inquiétez pas, on est là. »

Mon interlocutrice me donne le numéro de téléphone d'une association d'aide aux victimes, Paris Aide aux victimes (PAV pour les initiés), avant de me passer la Cellule d'urgence médico-psychologique (CUMP) où je suis prise en charge par une femme du nom de Guillaumette.

Guillaumette m'appellera tous les jours durant une semaine, juste pour « prendre des nouvelles ». Elle a été la première à assurer un vrai suivi. Ce suivi m'a donné confiance en la suite : pour la première fois je me suis sentie prise en charge, avec une souffrance reconnue aux yeux de l'État.

Le surlendemain, rendez-vous de suivi à PAV, puis dépôt de plainte.

Sur la télévision du bar où nous rejoignons mon père, qui a fait le déplacement jusqu'à Paris pour nous accompagner, les images de l'assaut du RAID à Saint-Denis la veille tournent en boucle. On commande à déjeuner mais comme chaque jour depuis le 13, je ne mange rien. J'ai perdu une dizaine de kilos en même pas une semaine. Me nourrir est au-dessus de mes forces. Vivre m'est devenu étranger. Survivre est déjà assez compliqué.

Mon père me regarde. Il est épuisé. Il me sourit pour me dire « ça va aller ma puce », mais nous savons tous les deux que c'est bien plus compliqué que ça.

Nous partons en direction du bâtiment de PAV. Contrôles de sécurité, détecteur de métaux. Je souris intérieurement en songeant que, décidément, ces mesures emmerdent plus les victimes que les terroristes. Que plus rien n'a vraiment de sens.

La salle d'attente est vide. Sur les murs, une grande fresque sur laquelle sont inscrits des messages de victimes. Des slogans, « *Pray for Paris* », « *Fluctuat nec mergitur* ». Et des dessins irradiés de couleurs.

On vient nous chercher. Mon père propose de nous attendre dans la salle d'attente. Hors de question. Je sais combien il souffre, lui aussi a besoin d'aide. Il vient avec nous, pas de discussion.

Dans le bureau en face de nous, une femme à l'accent chantant du Sud arbore un sourire rassurant. Elle s'appelle Anne. Je lui raconte succinctement notre 13 novembre, notre attente, celle de mes parents, la difficulté pour accomplir nos démarches, et surtout cette culpabilité qui me ronge et me fait m'excuser d'être là, dans son bureau, au moins une dizaine de fois.

Anne écoute, sans dire un seul mot. Quand j'ai fini de parler, elle nous regarde tous les trois un par un et me lance, droit dans les yeux :

— Alors maintenant, on va arrêter. Vous êtes victimes, vous avez des droits, et je vais vous aider. Personne ne doit vous dire ce que vous êtes ou pas. Vous n'avez pas à culpabiliser de quoi que ce soit. C'est la situation qui est anormale, pas vous.

Elle nous explique les démarches à effectuer, dans quel ordre, nous assure qu'à partir de maintenant elle va s'occuper de nous.

Je sors de ma pochette les preuves précieusement gardées dans mon « dossier de victime » qui va m'accompagner jour après jour : nos places de concert et les flyers qu'on nous avait donnés à l'entrée du Bataclan. Ces flyers auxquels je n'avais prêté aucune attention ce soir-là et dont l'ironie morbide s'étale devant moi comme l'intégralité de notre avenir, caché dans le nom des groupes de rock : Macchabées, Dantes, Therapy…

Anne rédige notre dossier auprès du FGTI, le Fonds de garantie des victimes de terrorisme.

— Son rôle est de vous apporter une protection financière dans l'après, là où l'État a failli dans votre protection ce soir-là.

J'imprime cette phrase dans ma tête pour m'en souvenir quand je doute de moi, de ma légitimité.

Mon père n'a pas ouvert la bouche. Il est là et pourtant je vois bien qu'il est ailleurs.

Je demande à Anne si son association peut faire quelque chose pour nos parents.

— Bien sûr, monsieur. Vous allez avoir besoin d'aide. Il ne faut pas négliger votre souffrance. Elle est réelle.

Mon père s'enfonce dans son siège. Il ne répond pas pendant de longues secondes. Puis il relève la tête vers moi, comme pour chercher mon accord. Vas-y, papa. C'est aussi pour vous qu'on est là.

— Moi, je ne me sens pas victime. Je veux dire, ma fille est là, vivante… mais pourtant je sens que je suis triste et en colère. Je ne sais pas pourquoi. Le 13 novembre, j'ai pensé à un moment, pendant ces trois heures trente d'attente, que ma fille était morte.

Je l'ai abandonnée. J'ai cru qu'elle avait été assassinée. Je l'ai enterrée, je ne lui ai pas fait confiance.

Mon papa s'effondre. Il enchaîne des bouts de phrases dans un sanglot. Mon papa, si fort d'habitude, a disparu.

Bon sang, que j'en veux à ces salopards. Que je leur en veux de faire souffrir ma famille, toutes ces familles, de nous infliger ça. De nous avoir plongés dans cette espèce de folie noire dont nous ne savons pas quoi faire. Sans avoir de mode d'emploi pour le post-trauma.

Nous sortons du rendez-vous secoués mais rassurés par les mots d'Anne. Nos parents peuvent être suivis, nos dossiers de prise en charge sont en cours. Anne nous a offert une vue sur l'avenir, une promesse que nous sortirions de tout ça un jour.

Nous nous engouffrons dans un taxi, direction le 36, quai des Orfèvres. Impossible pour moi, pour nous tous, de prendre le métro depuis le 13 novembre. La foule, les lieux publics, les endroits clos, les symboles parisiens, c'est au-dessus de nos forces.

Le taxi nous dépose devant le grand bâtiment de l'île de la Cité. La bâtisse a un côté château fort. Moi qui adore l'histoire de Paris, je pénètre pour la première fois dans cet endroit sans aucune envie de le visiter.

On nous oriente vers la salle Bertillon. Moins le *h*, comme les glaces. Drôle de nom, drôle de découverte pour une drôle d'histoire.

Je suis dans le lieu qui a inspiré Maigret, l'un des héros de mon enfance. C'est étrange comme on peut se construire un souvenir d'un lieu que l'on n'a pourtant jamais visité. Je me sens en terre connue, malgré l'état qui est le nôtre. Dans l'« antichambre » de la salle, des chaises sont posées le long des murs, des victimes sont posées sur les chaises. De la salle des dépositions adjacente à la nôtre, nous parvient la rumeur des doigts sur les claviers tapant des kilomètres d'histoires traumatisantes. L'histoire d'un polar macabre un peu trop réaliste, en train de s'écrire sous nos yeux.

À côté de nous, un homme de très grande taille, en treillis militaire, la boule à zéro, attend avec un ami. Je lui demande où il était le 13 novembre. Au Carillon[1]. Nous échangeons quelques phrases pudiques, puis un policier en uniforme s'approche, une veste à la main. Il la tend à l'homme en treillis, qui s'en saisit doucement. La serre. Fouille une poche, en sort un téléphone, l'allume, et s'effondre en larmes.

Avec Alexandre et mon père, nous nous regardons. Il n'y a rien à dire. La douleur est palpable. La violence aussi. Nous sommes là, dans l'antichambre de l'enfer, à attendre pour raconter l'insurmontable.

Après une longue attente, on vient nous chercher. J'embrasse mon père, il doit repartir prendre son train. Je ne veux pas le quitter mais je dois suivre le policier qui va prendre ma déposition. On s'embrasse à

1. Avec celles du Petit Cambodge, de la Bonne Bière, de Casa Nostra, de La Belle Équipe et du Comptoir Voltaire, l'une des six terrasses attaquées par l'un des trois commandos terroristes du 13 novembre.

nouveau. On s'embrasse comme si c'était la dernière fois. Mon père essaie d'être rassurant ; comment l'être dans une histoire pareille ?

J'entre dans la pièce. Elle est immense. Emplie de personnes au regard hagard face aux fonctionnaires de police. Je perçois de ces discussions seulement des bribes de phrases, des sanglots. Alexandre est à l'autre bout de la salle. Encore une fois, nous sommes séparés tout en étant ensemble, mais on ne peut pas faire autrement. Le policier qui doit m'entendre a l'air exténué. Il me dit qu'il ne travaille pas ici, normalement, ça fait des heures qu'il recueille les dépositions et c'est compliqué. J'entame mon récit. Trois longues heures. Un souvenir très précis, un récit détaillé. Le policier me dit être assez déstabilisé par cela, et par notre histoire de groupe dans cette loge. « Courageux. » C'est le seul commentaire que les gens peuvent me faire depuis des jours, parce que face à ce cauchemar, les mots manquent.

Je signe ma déposition après l'avoir corrigée à de nombreuses reprises. On est crevés, le policier et moi. Il me tend une longue liste indigeste de numéros de téléphone à contacter, de psys, de cellules, de noms.

Cette liste restera posée sur une étagère à la maison pendant des mois. Je n'y toucherai jamais. Elle est bien trop compliquée pour quelqu'un qui ne parvient plus vraiment à lire, qui ne sait pas par quoi commencer. Et sans doute encore plus pour quelqu'un qui doute d'être légitime à demander de l'aide.

Je rejoins Alexandre hors de la salle. Nous nous montrons nos papiers. Sur nos dépôts de plainte, en toutes lettres : « nom, prénom, s'est présenté pour les faits suivants : assassinat, tentative d'assassinat, en lien avec une entreprise terroriste ».

Depuis ce jour, j'ai un papier officiel chez moi avec inscrit dessus que quelqu'un a voulu me tuer. Je sais, ça peut paraître bête, mais ce papier à lui seul me terrifie. Il est la preuve factuelle de toute cette histoire étrange dans laquelle je ne me reconnais pas. Que je refuse. Que je ne peux pas avoir vécue.

« On ne fait pas toujours ce que l'on veut dans la vie », disait ma mère quand j'étais enfant. Elle avait raison. Je refuse pourtant l'idée que ces trois fous de terroristes puissent faire de moi ce que bon leur semble.

En sortant du 36, quai des Orfèvres, nous sommes rentrés à pied, seuls. J'imaginais mon père dans son train, seul lui aussi, roulant à grande vitesse vers la maison, démuni, comme un papa ayant eu peur de perdre sa fille pour toujours.

La nuit tombait sur Paris.

Je garde de cette promenade une curieuse impression. Comme si je découvrais la ville pour la première fois. Une ville qui continuait de vivre sans moi et à laquelle j'étais pourtant désormais attachée.

J'avais failli y mourir.

Elle m'y avait laissée vivre.

Survie, et presque mort

Nous avons dû nous dire adieu ce soir-là.

C'est étrange de dire adieu à quelqu'un de vivant et qui pourtant a disparu.

Nous nous sommes dit adieu car il ne reste de nous que des enveloppes mal fagotées, qui ne savent plus quoi faire d'elles-mêmes, alors « que faire de l'autre » semble totalement hors de portée.

Nous ne faisons plus l'amour.

Nos baisers et nos caresses ne nous ressemblent plus.

J'ai l'impression de tromper mon amour perdu avec un autre homme.

J'ai l'impression de regarder une femme inconnue me remplacer.

Voilà ce qu'a fait de nous cette histoire. Des survivants. Des à moitié morts. Des plus tout à fait dans la vie, mais pas non plus dans la mort.

À la question posée en boucle depuis des mois « mais vous n'avez perdu personne, mais vous n'avez pas été blessée, alors de quoi souffrez-vous ? », je réponds si, j'ai perdu quelqu'un. Mais ce quelqu'un est invisible. Je me suis perdue moi-même.

Deux ans après, je ne sais plus qui j'étais avant et pas encore ce que je suis devenue. Nous sommes comme nos propres fantômes. Nous nous hantons nous-mêmes. Car il n'y a personne de plus dur envers nous que nous-mêmes. Personne de plus exigeant. Personne de plus pressé de reprendre vie sans pour autant y parvenir.

Les autres n'aident pas. Plein de bonnes intentions, l'extérieur agresse de par son impatience, son insupportable insouciance, sa volonté de nous voir être, faire ce qu'on attend de nous. Il nous aurait fallu être détruits durant les six premiers mois, pleurer, parler, raconter, donner à voir, puis passer à autre chose au bout d'un an, parce qu'un an d'empathie, c'est déjà bien assez long.

Seulement, la temporalité est différente pour nous désormais. Les mois ressemblent à des jours. Les années semblent s'être figées.

Au lendemain, c'est la sidération qui a commencé, avec l'incapacité de ressentir une quelconque émotion autre que la culpabilité. Coupable d'être vivant. Coupable que la vie ait choisi de tuer le voisin et de nous épargner. Coupable d'avoir été victime. Victime d'être désormais coupable.

Je me rappelle ce texte posté sur Facebook quelques jours après le 13. « Vous n'aurez pas ma haine ». Antoine Leiris[1] s'adressait à ceux qui lui avaient volé sa femme. C'était la première fois que la voix d'un

1. En mars 2016, sortira le livre éponyme d'Antoine Leiris aux éditions Fayard.

autre vivant résonnait dans mon brouillard émotionnel. Je me suis levée, je suis allée voir Alexandre, je lui ai lu le texte. Et je lui ai dit : « Pourquoi une maman et pas moi ? » Comme si ma vie valait moins que celle d'un papa ou d'une maman. Comme si une échelle de valeurs devait mesurer l'horreur.

Mais oui, qu'on le veuille ou non, une échelle de valeurs se crée dans nos têtes. On se reproche d'être en vie puisqu'on ne parvient pas à en profiter. On se dit qu'il aurait été préférable de rester là-bas ce soir-là pour permettre à un enfant de retrouver sa maman ou son papa. Et le « dehors » aggrave ce sentiment : tout le monde connaît quelqu'un qui a morflé plus que nous. Qui est lourdement blessé, qui a perdu son mari, sa fille, son meilleur ami, ses voisins.

Ces échelles dans la douleur imposées par l'extérieur quand on les a déjà si bien intériorisées, c'est comme une double peine pour ceux qui ont vu la mort en face.

Il n'y a rien de plus terrifiant que de faire face à sa propre mort, être soumis à l'autre, sentir que chaque seconde qui passe est peut-être la dernière. Et les gens ne veulent pas voir. Les gens ne peuvent pas accepter ceux qui reviennent de la mort. Nous faisons peur car nous sommes la preuve formelle, irréfutable que nous sommes tous mortels. Alors oui, on fait des échelles de souffrance pour se voiler la face, alors qu'au final, on souffre tous.

Il n'y a pas plus difficile que faire le deuil de soi. Ce soi emporté par l'absence d'un être cher, par un morceau de nos corps ou une fracture de l'âme et qui nous manque désormais chaque jour.

Quand on n'a que l'amour

Il fait froid et gris dehors, ce matin du 27 novembre. Mon téléphone sonne, le taxi qui vient nous chercher est en bas, il nous attend. J'embrasse Alexandre, qui préfère rester au chaud.

Le trajet vers les Invalides, où je suis conviée à la cérémonie d'hommage aux victimes, se fait dans le silence. Maman m'accompagne. Nous sommes enfoncées dans nos sièges, sans oser nous parler, sa main serrant très fort la mienne. C'est le chauffeur du taxi qui finit par rompre le silence. D'une voix douce et rassurante, il nous dit être terriblement attristé par ce qu'il s'est passé le 13 novembre et me demande comment je vais. Si j'ai vécu cela seule ou avec quelqu'un. Et comment va mon compagnon.

Il y a tellement de chaleur dans sa voix que cette question qu'on me pose depuis des jours, il me semble l'entendre réellement pour la première fois.

Nous voici devant les Invalides.

Cet endroit, je suis passée devant des centaines de fois à l'époque où j'effectuais une vacation au ministère de l'Agriculture, sans faire attention à ce qu'il représentait. D'un coup, il prend toute sa signification.

Cartons d'invitation, fouille au corps, pièces d'identité, détecteurs de métaux… le dispositif de sécurité à l'entrée est impressionnant.

Sous une grande tente installée pour accueillir les victimes et leurs familles, on nous propose du café chaud et des viennoiseries. Je n'ai toujours pas retrouvé l'appétit depuis le 13. La seule odeur de café qui emplit l'air me soulève le cœur.

Je sors fumer dans la cour. Des membres de la protection civile veillent à ce que chacun se sente le mieux possible. « Nous sommes une armée », me dis-je en regardant autour de moi.

À quelques pas, un garçon très grand tire sur sa cigarette. Je le reconnais instantanément. C'est ce garçon qui cherche une jeune femme depuis des jours et des jours sur Twitter. Une jeune femme blessée à côté de lui au concert. Je me souviens avoir lu son appel et avoir eu cette sensation de le reconnaître sans l'avoir jamais vu. Peut-être parce que lui aussi cherche en vain quelqu'un, peut-être simplement parce que nous avons vécu cet événement tous les deux, dans tous les cas j'ai une irrépressible envie de lui parler.

Mon corps se met en action sans qu'il me semble l'avoir décidé, et je me retrouve devant lui.

— Tu t'appelles Julien, c'est bien ça ?

— Euh… oui. On se connaît ?

— Non, pas vraiment, mais je t'ai lu sur Twitter. Moi aussi, j'étais « là-bas ». Tu as retrouvé la fille que tu cherches ?

— Non… Malheureusement non…

Il me regarde les larmes aux yeux. J'éprouve une empathie incroyable pour ce garçon, je comprends ce qu'il traverse. Sans prévenir, je lui prends la main.

— On pourrait aller boire un café tous les deux peut-être ? Je voudrais vraiment t'aider. Ce que tu vis me transperce le cœur. Il faut que tu prennes soin de toi. Tu as fait ce que tu pouvais pour elle, mais fais attention à toi.

— D'accord. Avec plaisir.

Nous échangeons nos numéros. Ma mère nous observe, interrogative. Au moment où je vais pour le quitter, je l'entends me demander :

— Et toi ? Tu te sens comment ?

À cette question je n'ai malheureusement aucune réponse. Je ne me « sens » tout simplement plus depuis le 13 novembre. Mon corps et ma tête sont devenus deux colocataires indépendants, je suis dans un état de totale dissociation. Dans un sourire gêné, je me retourne et lui réponds :

— Ne t'inquiète pas pour moi. Moi, ça va.

— Tu le connais, ce garçon ? me demande ma mère quand je la rejoins.

— Non.

— Mais alors… qu'est-ce que tu… Pourquoi es-tu allée lui parler ?

— Parce que c'est un « comme moi ».

— Ah… d'accord.

Ma mère a l'air un peu surprise. J'allume une nouvelle cigarette. Je fume trop depuis quelques semaines.

À côté de nous, un jeune homme et sa mère s'arrêtent pour allumer eux aussi une cigarette. J'ai déjà vu ce garçon… Je réalise d'un coup qu'il s'agit du jeune homme blessé au Bataclan dont le témoignage la veille à la télévision m'avait bouleversée sans que je puisse expliquer pourquoi. Je m'approche de lui.

— Gauthier ?

— Oui.

Je le serre contre moi, l'embrasse sur les joues de toutes mes forces. Je lui explique l'avoir vu hier à la télévision, et que j'étais moi aussi au concert. Il se passe à ce moment-là quelque chose de magique.

Gauthier, dans ce simple oui, venait de devenir mon petit frère sur qui je continuerai de veiller dans les mois suivants, avec qui je partagerai mes rires et mes révoltes. Nos coups de cœur et nos coups de gueule.

Est-ce l'effet de miroir de nous deux, jeunes gueules cassées, accompagnés par nos mamans ?

Est-ce ce que nous venions de traverser ?

Est-ce cet hommage tellement chargé émotionnellement qui a provoqué ce lien indéfectible ?

Je ne le saurai jamais. Toujours est-il que nous sommes restés collés les uns aux autres tout le restant de la journée.

Valérie, la mère de Gauthier, avait le même regard que la mienne. Ce regard des mamans qui ne dorment plus. Des mamans à qui on a voulu faire du mal à travers leurs enfants. Des mamans super-héroïnes qui gèrent quand il n'y a rien d'autre à faire.

On nous invite à nous rendre dans la cour d'honneur, la cérémonie va commencer. Nous partons tous les quatre, serrés fort pour nous donner du courage. Valérie me demande si ça va en me caressant la joue. Ma mère parle avec Gauthier en le prenant par l'épaule.

Étrangement, à cet instant, je me sens invincible.

Nous formons une grande, une forte, une magnifique famille.

La cérémonie débute.

Par *La Marseillaise*. Ma mère et moi ne chantons pas. « Aux armes citoyens » et le « sang impur », c'est pas notre truc, et, depuis quelque temps, c'est totalement proscrit.

Puis quelqu'un égrène les noms des cent trente personnes disparues. Je ne sais pas s'il fait très froid ou si c'est cette interminable lecture qui me glace le sang, mais le vide immense en moi s'agrandit encore un peu plus.

Sur l'écran apparaît un message sur fond noir : En hommage aux victimes tuées le 13 novembre 2015.

… Quand on n'a que l'amour, à s'offrir en partage, au jour du grand voyage, qu'est notre grand amour…

Yael Naim a commencé, presque en chuchotant. Nolwenn Leroy et Camélia Jordana la rejoignent, peu à peu leurs voix montent au milieu de la cour d'honneur.

Sur l'écran défilent les visages des morts du 13 novembre.

Jacques Brel, ce chanteur que j'aime depuis petite, résonne de tous ses mots.

Ma mère me serre contre elle. Mes larmes coulent enfin. Un gros chagrin de petite fille. Valérie me caresse les cheveux en embrassant son fils. C'est un des moments les plus douloureux de mon existence et pourtant je n'aurais pas supporté d'être ailleurs.

Je ne suis plus seule avec maman. Nous sommes des milliers de cœurs abîmés mais qui continuent de battre. Les visages qui défilent sur l'écran me sont inconnus et pourtant ils me hantent depuis des jours. Nombre d'entre eux me deviendront d'ailleurs, plus tard, bien plus que familiers.

Puis le président de la République prend la parole. Je suis incapable aujourd'hui de me souvenir de son discours. Je me souviens seulement de l'annonce des frappes en Syrie contre laquelle j'ai eu envie de hurler. Penser que ce que l'on venait de nous faire allait être fait en retour et sûrement toucher des civils qui essaient de survivre coûte que coûte m'est insupportable.

Je pense à mes amis réfugiés que j'ai abandonnés depuis le 14 novembre par manque de courage. Par peur d'avoir à faire face à cette terreur que je venais de vivre et qui est leur quotidien là-bas.

Le discours de François Hollande s'achève. Tout le monde se lève pour une minute de silence. Je ne comprends pas ce qui se passe, envahie par la vague d'émotions qui me submerge.

Une douleur fulgurante à la vessie me plie en deux. Cela fait trois heures que je me retiens dans le froid, là, je ne peux plus. Je quitte ma place en m'excusant auprès de ceux que je dérange pour pouvoir passer et, ma mère sur les talons, traverse la cour devant les regards surpris, à commencer par celui du président de la République. Par « chance », la journée est tellement chargée émotionnellement que tout le monde doit penser que ce sont mes nerfs qui lâchent plutôt que ma vessie.

Sous les arcades qui mènent aux toilettes, une jeune femme de la CIAV me rattrape en me demandant si je me sens bien. Je lui explique en bafouillant que j'ai juste envie de faire pipi, et ma vessie ne me fait plus de cadeau depuis le 13.

Quand je ressors des toilettes, je la retrouve en pleine discussion avec ma mère. Elles ont réalisé qu'elles se sont parlé pas plus tard que la veille. C'est cette même jeune femme qui nous a déjà aidées hier, lorsque ma mère avait des soucis avec sa réservation à l'hôtel. Le monde est décidément si petit.

Ma mère lui demande comment elle se sent, si ce n'est pas trop dur pour elle de devoir gérer tout ça. Surprise par la question, la jeune femme marque une pause gênée avant de répondre que si, c'est effectivement très dur pour eux, ils sont débordés face au nombre de victimes et les témoignages qu'ils reçoivent par téléphone les bouleversent, les abîment sérieusement. Mais ils ont un vrai soutien et sont accompagnés par de bons psys.

J'écoute en silence cet « autre côté du rideau » auquel je n'avais pas pensé, embourbée que je suis dans mon égoïste torpeur. Le témoignage de cette jeune femme me fait réaliser combien nous sommes tous, sans exception, sous le choc d'une situation hors normes.

Nous retrouvons Valérie et Gauthier près de la tente d'accueil. Nous échangeons nos numéros avec la promesse de nous revoir très vite. Au moment de partir, Valérie me regarde et me glisse, tel un secret :

— Nous sommes maintenant une famille de mille cinq cents personnes. C'est ainsi que la vie en a décidé et je suis sûre que nous arriverons à ne retenir de tout cela que l'essence précieuse : affection, compassion, compréhension et résistance.

Dans le taxi du retour, nous sommes à nouveau silencieuses avec maman. Vivre cela ensemble nous a énormément rapprochées, mais aussi amochées. Nous avons en nous, depuis ce jour-là, l'habitude de tout garder dans le ventre. De parler en silence et hurler en musique.

Car après tout, qu'y a-t-il à dire de plus que :

Quand on n'a que l'amour
Pour parler aux canons
Et rien qu'une chanson
Pour convaincre un tambour...

Maureen, le nouveau Charles de Gaulle

Début décembre, après trois semaines de recherches désespérées pour retrouver mes compagnons d'infortune, et plus précisément cet homme assis avec nous dans le bus, je perds espoir. Chaque jour je scrute les moindres paroles de rescapés que je peux trouver. Insensible, comme si ce que je lisais ne me concernait pas, comme si tout cela ne me concernait pas, parce que je ne connais pas ces gens. À ce moment-là, ma seule inquiétude n'est pas ce que nous avons vécu, mais ce que nous allons vivre désormais. L'inquiétude de ne pas trouver l'aide dont nous avons besoin. D'être seuls face à ça.

Ce jour-là, je suis dans mon lit, comme tous les autres jours. Je refuse de sortir ; le dehors m'agresse, me fait peur. Je veux seulement dormir pour essayer de transformer ce cauchemar, mais je n'ai plus sommeil depuis des jours. Alors j'attends, cachée sous mes couvertures. Je passe mon temps à rechercher des gens qui ne veulent pas parler. Comme moi. Je me rends compte de l'absurdité de la situation. Je ne suis pas près de les retrouver si aucun de nous n'a le courage de sortir de l'ombre.

Quelques jours plus tôt, j'ai confié à une amie être à la recherche de cet homme à qui j'avais parlé dans le bus, juste afin de m'assurer qu'il allait bien, si dérisoire que puisse paraître cette question. Le 1er décembre, elle m'envoie un SMS avec un lien vers une publication Facebook et ce petit mot, « on ne sait jamais ? ».

Ces quatre petits mots vont, sans que je le sache, m'offrir une nouvelle vie. Un conseil : si vous recevez un lien avec les mots « on ne sait jamais », prenez le temps de respirer un bon coup avant mais ouvrez-le, car votre vie s'apprête peut-être à changer.

Sous mes yeux se déroule un long texte.

« Je m'appelle Maureen. J'étais au Bataclan avec mon mari le soir du 13 novembre.

« Nous faisons partie des rescapés, non blessés, mais marqués à vie par ce qu'il s'est passé ce soir-là.

« Nous pensons énormément à toutes les personnes qui n'ont pas eu notre chance.

« Et un peu plus loin chaque jour, pour nous et pour eux, nous avançons malgré tout.

« Si je parle ici c'est pour m'adresser à vous ; vous qui étiez dans la salle ce soir-là.

« Chacun gère le traumatisme à sa manière, certains parlent très facilement, ont repris une vie "normale", pour d'autres communiquer est encore très difficile, voire impossible. Ce n'est pas parce que notre peau n'est pas marquée qu'il ne s'est rien passé et que cela n'a pas blessé notre chair.

« Nous sommes plus de mille.

« Plus de mille à être sortis de cette salle, plus de mille pour qui les choses ne seront plus jamais exactement pareilles... C'est énorme.

« Dans ce malheur, notre chance est d'être nombreux ; je pense qu'il est important de transformer cela en force.

« Par le biais des réseaux sociaux, j'ai vu que très nombreuses sont les personnes qui ont un important désir de retrouver ceux qu'ils ont aidés ; et inversement, les blessés qui recherchent ceux qui les ont sauvés. Mon mari a pu retrouver celui à qui il a porté secours et j'ai été témoin de l'incroyable aide que cela apporte dans la reconstruction de chacun. Savoir que dans ce chaos où nous étions si impuissants, tous, nous avons d'une façon ou d'une autre été là les uns pour les autres.

« Échanger, avec quelqu'un qui a vécu à sa façon la même chose, est différent des nombreux dispositifs mis en place actuellement.

« Je sais que nous avons encore des choses à nous apporter : encourager ceux qui veulent offrir un soutien, parler ensemble ou même simplement apporter de la compagnie à ceux qui le souhaitent, rescapés, blessés ou familles de victimes. Parce que aider les autres, c'est aussi une façon de s'aider soi-même, afin d'aider chacun à surmonter la tragédie et pour pouvoir voir l'espoir derrière.

« Le monde nous a montré son soutien par le slogan Pray for Paris, je propose de créer dans la continuité Life for Paris, association de dialogue et de soutien où toute personne rescapée de ces événements trouvera une place.

« J'invite ceux qui souhaitent être acteurs de cette suite à me contacter directement afin que nous réfléchissions ensemble à ce que nous voulons mettre en place. Je ne connais rien au milieu associatif, je suis moi-même comme vous à vouloir me reconstruire mais je suis convaincue du bien-fondé de cette démarche. Choisir de s'exposer n'est pas facile mais ce que je refuse, c'est qu'ils aient le pouvoir de faire taire d'autres voix. »

Voilà. Tout est là.

Dans ces quelques lignes, cette inconnue venait de me faire réaliser que mon histoire, celle d'Alexandre, celle de toutes les personnes touchées le 13 novembre n'étaient pas si uniques, que nous étions finalement des centaines à faire face à la même chose. À travers ses mots, cette inconnue m'ouvrait une fenêtre sur le monde qui m'était depuis plusieurs semaines interdit.

Elle était moi, j'étais elle. Une sensation miroir qui a commencé en lisant ce texte et qui ne nous a jamais quittées depuis.

Après un long moment à tenter de rédiger un message intelligent et intelligible, j'ai fini par envoyer à Maureen un simple « Je m'appelle Caroline, j'étais au Bataclan avec mon compagnon moi aussi ». C'était ma seule réponse à apporter à cet appel, notre « appel du 18 juin », comme le qualifiera Samuel, un des membres fondateurs de Life for Paris.

J'imaginais la tête du général de Gaulle s'il avait reçu une réponse comme celle-là suite à son appel du 18 juin... C'était ridicule, mais c'était la seule que je pouvais lui donner, parce que nous n'avions rien à nous apprendre d'exceptionnel.

La merde nous l'avions vécue, ensemble, différemment mais avec la même violence. Après quelques échanges de messages, j'ai demandé à Maureen si elle avait besoin d'aide. Elle avait eu le courage qui m'avait tant fait défaut, celui de sortir de sa douleur pour porter celle des autres, nous aider à nous retrouver. Je me devais donc de lui apporter mon aide à mon tour. Se faire violence pour aider les autres, pour s'aider soi-même aussi.

Maureen a été la première personne du 13 novembre à qui j'ai réellement parlé. La première inconnue si chère à ma vie, si chère à mon cœur, car appartenant désormais à ma nouvelle vie, ma nouvelle famille. Maureen au corps fragile, si douce, qui donne l'impression que le temps s'arrête à son contact, pour ceux qui comme moi passent leur vie à courir.

Elle est mon opposé, le positif de mon négatif, celle qui est prête à m'offrir tout ce qu'elle possède si je suis dans la merde, celle qui sait sans un mot quand je vais mal, celle avec qui je peux rire de tout parce qu'il faut rire de tout, celle qui est devenue, sans le vouloir, ma sœur du 13 novembre.

Les jours suivants, sur la page, les gens ont commencé à arriver peu à peu. Nous racontant, à Maureen ou à moi, par le biais de messages privés, leur 13 novembre, leur terrasse, leur Stade de France, leur Bataclan. Chaque histoire était une pièce de ce puzzle que nous avions chacun dans notre coin vainement tenté de reconstituer, car il nous manquait des pièces, il nous manquait les autres. Et chaque nouvelle personne arrivant sur la page apportait avec elle sa pièce de cette histoire personnellement collective.

Après quelques jours à lire des témoignages sans oser écrire le mien, j'ai fini par prendre mon courage à deux mains pour raconter mon 13. J'y ai passé du temps, laissant les flots de mots sortir de moi. Mon pavé dans la mare. J'ai appuyé sur le bouton « publier », me demandant si j'avais bien fait, bien fait de raconter, de dire, d'exprimer, de me mettre à nu, d'abandonner un peu de mon histoire.

Un premier commentaire de soutien s'affiche sous mon post, puis un deuxième, un troisième. Soudain s'allume sous mes yeux un message d'un dénommé François, qui hurle textuellement « CAROLINE enfin te voilà !!! Des semaines que je te cherche partout ! Je suis tellement heureux de te retrouver !! » Tout s'emballe dans ma tête, tout se connecte : l'homme qui écrit un SMS dans le noir de la loge, qui s'est retourné pour me remercier dans le bus, cet homme qui nous écoute parler, pelotonné dans sa couverture de survie, celui qui viendra plus tard me voir à la cellule d'urgence de la mairie du XIe arrondissement pour me remercier. François. Mon François.

Nous échangeons quelques lignes, nous fixons rendez-vous. Un jour de pluie, comme pour nettoyer nos malheurs avec l'eau du ciel. On se retrouve autour d'une bière. Je le vois arriver. On s'enlace comme si l'on s'était toujours connus, comme si on avait failli se perdre. C'est un des « privilèges » du 13 novembre. Plus aucun d'entre nous n'a de phobie sociale, d'appréhension à rencontrer un inconnu, car nous nous connaissons désormais tous à travers cette histoire commune.

On parle, les bières s'enchaînent, on est heureux de se voir, de se raconter, de se toucher, comme de vieux amis de longue date. Au détour d'une phrase, François m'explique combien lui aussi m'a cherchée, combien c'était devenu important pour lui, de même que pouvoir retrouver ce garçon dont il ne connaît que le métier et le lieu où il exerce. Ce garçon dont il me parle, je le cherche moi aussi depuis des semaines, c'est celui avec qui nous nous sommes inquiétés pour les musulmans quand nous étions dans le bus en direction de la mairie du XIe ! Je me rappelle m'être mise à hurler tel un méchant flic de film policier : « Il s'appelle Alexis ?? Putain dis-moi qu'il s'appelle Alexis ?! » Le 13 novembre nous a rendus plus ouverts, sans barrières sociales, mais aussi complètement dingues quand il s'agit de reconstituer le puzzle.

Le pauvre François me regarde avec de grands yeux en répétant qu'il n'en sait rien. Involontairement, il vient pourtant de me donner les éléments qui me manquaient pour retrouver Alexis. Le bon côté de la situation, c'est que mes cris ce soir-là n'ont pas semblé le perturber. Il en faut plus pour nous faire peur. Nous acceptons que nos modes de communication soient différents désormais.

Je suis rentrée chez moi avec la sensation d'être un peu plus remplie de ce « moi » qui avait disparu en laissant un grand vide.

Life for Paris, malgré le temps et l'énergie que l'association allait nous demander, était en train de nous nourrir des autres. En cherchant à nous diviser, les terroristes m'avaient offert un cadeau inestimable : ma première bande, mon premier groupe de potes, des amis à l'amour inconditionnel, à la vie à la mort.

Je me connecte à Internet sur mon téléphone. Je tape les informations que je possède désormais. Le nom d'Alexis s'affiche enfin.

J'ouvre Facebook, je tape son nom. Il apparaît. Comment lui écrire ? Que lui dire ? J'ai tellement de choses à lui raconter et en même temps j'ai juste besoin de savoir qu'il va bien. Mes doigts pianotent sur l'écran. Envoyé. Ça y est. Je vais retrouver Alexis. Le message reste « non lu » pendant plusieurs jours. Il ne le verra pas. J'ai essayé, mais non… Parfois les choses ne marchent pas comme on le voudrait.

Le 13 décembre 2015, il est 22 heures, heure de la loge. Un mois, ça y est. Nous y sommes. Soudain mon téléphone s'allume : « Nouveau message d'Alexis ».

Je me mets à crier de joie. Je saute sur Alexandre. Alexis est là ! On l'a retrouvé. On va se revoir.

Il n'y a pas de hasard. Je devais retrouver Alexis un mois pile après notre rencontre. Aujourd'hui, ce 13 décembre 2015 à 22 heures. À l'heure de notre première « rencontre ».

Noël est en avance cette année.

Ma nouvelle famille

Ma nouvelle famille s'est constituée suite à l'appel de Maureen sur les réseaux sociaux, le 1er décembre 2015.

Je l'ai contactée le 2 décembre à 23 heures, sans trop savoir ce que j'allais trouver sur cette page, ni ce que je cherchais. J'essayais de mettre toutes les chances de mon côté pour retrouver Alexis, mais sans y croire vraiment.

Nous sommes dorénavant quelques-uns à souhaiter nous engager dans le collectif, à avoir envie de faire quelque chose de ce regroupement de personnes qui grandit de jour en jour. Après plusieurs échanges sur Internet, Samuel, Alexis, Frank, Arthur, Emmanuel, Carole, Maureen et moi sommes prêts à créer l'association. Seul souci, mais pas des moindres, nous n'avons aucune expérience dans le domaine. Nous ne savons ni où ni comment déposer des statuts, par exemple. Mes parents, tous deux directeurs de MJC, proposent de nous donner un coup de main.

Un matin, Maureen m'appelle pour me dire qu'elle a été contactée par une fédération d'associations de victimes, qui nous offre de nous accompagner dans notre projet associatif. Rendez-vous est pris avec cette fédération.

Avant la réunion, nous nous retrouvons dans un café, afin de nous rencontrer enfin physiquement.

C'est ce jour-là que j'ai vu Maureen pour la première fois. Il faisait froid, j'étais la première arrivée, quand au loin je vois une petite jeune femme, à l'allure rock, qui me sourit. Je ne peux pas expliquer ce que j'ai ressenti précisément à cet instant-là. Un mélange étrange de timidité et d'amour profond pour celle que je ne connaissais pas encore en chair et en os, et qui me paraissait pourtant si proche.

— Caroline ?

Je la serre dans mes bras.

On ne se lâche pas pendant un long moment. On profite à fond de cet instant que l'on attendait toutes les deux depuis des semaines.

Les autres nous rejoignent au compte-gouttes. Nous voici maintenant au complet. Un peu intimidés, mais tout le monde semble très heureux d'être ensemble. Seul Arthur, notre homme d'affaires international, n'a pas pu faire le déplacement.

Pendant un long moment nous nous racontons, je reconnais les histoires que j'ai lues sur la page Facebook et sur lesquelles je peux désormais mettre des visages. Il y a beaucoup de pudeur et pourtant l'émotion est à fleur de peau.

L'heure de notre rendez-vous approche, nous payons. Plus exactement, Samuel paie. Impossible de s'approcher du comptoir. C'est sa façon à lui de remercier Maureen pour ce qu'elle a fait, pour nous avoir réunis. Sa manière d'être heureux à nouveau.

Direction les locaux où nous sommes attendus. En arrivant dans le grand bureau, nous sommes surpris de voir que d'autres victimes ont été conviées à la réunion, sans que nous en ayons été informés. Non pas que nous ayons un quelconque monopole de quoi que ce soit, mais l'association, nous sommes en train de la créer, nous avons notre équipe, et nous ne comprenons pas bien ce qu'il se passe.

On nous invite à nous asseoir, on nous propose un café. Un homme au physique imposant, assis au bout de la table, prend la parole.

— Je suggère que nous fassions un tour de table de sorte que chacun puisse se présenter et raconter son histoire.

Pendant trois longues heures, nous allons assister, démunis, aux récits terribles de la quinzaine de personnes présentes autour de la table. Je trouve l'exercice extrêmement éprouvant, on a beau le faire par Internet depuis des semaines avec Maureen, cela n'a rien à voir.

Ici, pas d'écran pour se protéger a minima. On se prend chaque mot en pleine figure, on revit chaque seconde des attaques, et on absorbe de surcroît le récit tragique et détaillé des autres attaques que nous n'avons pas vécues. Nous sortons de la réunion complètement retournés, le moral dans les chaussettes, notre volonté de nous battre méchamment entamée.

La réunion, au-delà des témoignages, n'a pas abouti à grand-chose concernant l'avancée de l'association. Et c'est ce qui me peine le plus. Nous n'avons pas de temps à perdre, il nous faut plus que jamais une structure, et nous faisons du surplace.

Un deuxième rendez-vous nous est donné quelques jours plus tard. Même topo, de nouvelles personnes conviées, à nouveau ce tour de table terriblement traumatisant et rien d'autre.

Au troisième ou quatrième rendez-vous seulement, après que nous avons suggéré de nous pencher sur cette histoire de statuts sur laquelle nous avons commencé à avancer de notre côté, avec l'aide précieuse de mes parents, l'imposant organisateur de ces réunions prend la parole.

— Nous vous avons préparé des statuts déjà rédigés, ce sera plus simple pour vous. Vous n'avez qu'à signer et on s'occupe de tout.

S'il y a bien une chose que je déteste, et particulièrement depuis le 13 novembre, c'est qu'on m'impose quoi que ce soit.

Je réponds donc que je vais prendre le temps de lire ce document avant d'y apposer une quelconque signature. En le parcourant rapidement, une absence me saute aux yeux. Il est question d'indemnisation, de procès, d'avocats, mais aucunement d'entraide et de solidarité, de soutien entre les victimes, alors que c'est justement ce qui nous amène ici.

Je m'en émeus auprès du responsable. Il marque une pause et me répond, droit dans les yeux, une phrase sortie de nulle part, sur fond de responsabilité des victimes à se sortir les doigts du cul pour aller mieux. Un grand moment de poésie à faire rougir Apollinaire. Maureen et moi nous regardons, estomaquées. Samuel, assis en face de moi, scotché, en est bouche bée. Je bredouille une vague excuse, répète que nous allons lire les documents tranquillement, chez nous, à tête reposée, et que nous signerons après les fêtes de fin d'année, lors de la nouvelle réunion qui vient d'être fixée.

Sur le trottoir devant le bâtiment, sidérés, nous n'en revenons toujours pas de ce que nous venons d'entendre. Quant à moi, je ne décolère pas de cette violence.

Notre décision est collégiale et sans appel : nous ferons sans eux, impossible pour nous de travailler avec des gens si éloignés de nos valeurs. Choix audacieux, qui va nous coûter très cher.

Les vacances de Noël sont studieuses, consacrées à la création de notre association. Avec mes parents nous travaillons à la rédaction des statuts, assistés d'Emmanuel, le juriste de la bande. Peu à peu chacun prend sa place. Samuel, Frank, Arthur, Alexis, Emmanuel, Maureen et moi sommes soudés plus que jamais.

Nous décidons de prévenir la fédération d'associations que nous allons faire sans eux. Ils ne sont pas ravis de notre choix, mais c'est le mieux pour nous, nous en sommes convaincus.

Peu de temps après, Emmanuel nous envoie un message pour nous soumettre les postes du conseil d'administration : « Je vous propose : Maureen présidente, moi vice-président, Caroline trésorière et Samuel secrétaire. » Ceux qui me connaissent savent que je ne suis pas une flèche avec les chiffres, je décline donc poliment la proposition en ajoutant que ce n'est pas grave si je ne fais pas partie du bureau, je peux être simple administratrice. Maureen intervient et explique que, comme nous travaillons ensemble depuis le début, et que je connais parfaitement les membres que j'accueille avec elle quotidiennement au sein du groupe, elle souhaite que je sois nommée vice-présidente de sorte que nous puissions continuer de travailler en binôme.

Emmanuel accepte, mais je sens bien que quelque chose le chagrine. Peu après, il nous annonce qu'il quitte provisoirement le conseil d'administration, il ne se sent pas en état de gérer pour le moment. Nous lui souhaitons un bon rétablissement, lui rappelons que la porte est toujours ouverte et qu'il fait partie des membres fondateurs, donc il reste le bienvenu ici.

Le 9 janvier, alors que nous sommes en plein bazar d'organisation des invitations pour les victimes souhaitant se rendre à l'hommage à *Charlie Hebdo*, qui a lieu place de la République le lendemain, j'apprends qu'une association de victimes du 13 novembre vient d'être officialisée dans les médias.

Je n'en crois pas mes yeux. Je vais sur Google glaner un peu plus d'informations, et je découvre la nouvelle : un monsieur présente l'association dont il est président, accompagné de son vice-président qui n'est autre que… Emmanuel.

Je fulmine.

Comment peut-on faire ça ? Comment se fait-il qu'une association, dont la majorité des membres sont également membres de la nôtre, a pu se créer dans notre dos, dans le plus grand secret ? La création de deux associations a eu pour conséquence de diviser les victimes du 13. Pour une fédération, c'est un comble ! L'aide aux victimes, j'allais l'expérimenter, était pour certains un magnifique business juteux.

Durant ces deux années de combat pour les victimes, cet épisode, ainsi que de nombreux autres, viendront me rappeler que, quoi que les gens aient vécu, ils ne changent pas fondamentalement. Nous restons profondément, de façon exacerbée, ce que nous sommes au fond de nous-mêmes.

Pour ma part, je deviendrai de plus en plus pessimiste sur la bonté de l'être humain.

Réalisant, comme Maureen aime à me l'entendre dire, qu'« un con reste un con, quoi qu'il ait vécu ».

Et des cons, il y en a un paquet, et ils ont pignon sur rue. Cette triste réalité allait nous péter à la gueule dans les mois suivants. Nous allions découvrir combien nous n'étions pas légitimes, combien il faudrait nous battre quotidiennement pour nous faire inviter aux réunions officielles, faire comprendre à la presse qu'il n'y avait pas une, mais deux associations de victimes du 13, rappeler chaque jour que nous existions, là où on essayait gentiment de nous laisser mourir dans l'ignorance la plus totale.

Loin de me décourager, ces méthodes me donneraient au contraire la hargne nécessaire pour défendre nos membres et partir en croisade contre l'oubli et la maltraitance de certains, qui pensaient pouvoir décider pour nous.

La grosse commission

Le 15 février 2016, nous sommes conviés (après avoir été l'air de rien « oubliés ») à une audition à l'Assemblée Nationale dans le cadre d'une commission d'enquête parlementaire, demandée par Nicolas Sarkozy.

Cette commission est censée faire le point sur « les moyens mis en œuvre par l'État pour lutter contre le terrorisme depuis le 7 janvier 2015 ». À sa tête, Georges Fenech, élu Les Républicains, et comme rapporteur, Sébastien Pietrasanta, élu du parti socialiste. Parmi les parlementaires, quelques visages de membres de la commission me sont familiers, je les ai déjà aperçus à la télévision.

On nous explique l'objet de cette audition : trouver des améliorations à la lutte antiterroriste, et remonter les différents dysfonctionnements de prise en charge des victimes. Nous avons bien travaillé notre propos avec Alexis, aidés par les membres du conseil d'administration et un de nos adhérents très attaché à ces questions qui nous a apporté un soutien précieux dans la rédaction de notre intervention.

La parole est donnée en fonction des places attribuées : commencent les plus proches de la table du président et du rapporteur. D'abord, le président d'une autre association de victimes, qui raconte longuement son histoire, sa fille qu'il a perdue, sa douleur. Puis un autre membre enchaîne, puis un autre. Je commence à regarder ma montre, et à m'inquiéter qu'on ait le temps d'arriver jusqu'à nous. Enfin, c'est notre tour. Je remercie les membres de la commission de nous avoir conviés à cette audition et j'enchaîne :

— Il y a trois mois, nous avons subi le terrorisme, la barbarie, la violence aveugle. Passé l'état de sidération, il nous a fallu nous relever et agir. Nous nous sommes alors fédérés autour de l'appel lancé par Maureen sur Facebook. Suite à quoi l'association Life for Paris est née, regroupant les victimes blessées, les parents de disparus, les victimes psychologiques et les aidants.

« Cet appel, vu 2 millions de fois, a permis le regroupement de plus d'un demi-millier de personnes impliquées directement, qui, par-delà le réseau social, se structurent aujourd'hui en une association pour une action de long terme. Car la prise en charge et l'accompagnement des victimes est indéniablement un travail de longue haleine.

« Au-delà de l'aide directe et réelle au quotidien, du soutien entre victimes et de la volonté de commémoration des disparus, notre voix représentative doit permettre, via notre expérience, de contribuer à l'amélioration de l'organisation de la prise en charge des victimes en cas de nouveaux événements comparables.

« En France, lorsqu'on est victime d'un accident, d'une agression, il existe un certain nombre de dispositifs de prise en charge physique et morale et nous nous en félicitons. Malheureusement, le 13 novembre 2015, face au nombre de victimes d'un acte de guerre, les dispositifs mis en place n'ont pas suffi et les prises en charge s'en sont retrouvées particulièrement kafkaïennes.

« Dans le retour d'expérience établi par les membres de Life for Paris, nous avons constaté certains manquements. En voici trois exemples concrets :

« 1) Concernant les victimes non blessées physiquement, la prise en charge a unanimement été reconnue comme très faible : alors que certaines personnes ont été renvoyées chez elles sans être vues ni entendues par la cellule d'urgence ou la police, sans recevoir aucune directive sur leur accompagnement à venir, d'autres se sont retrouvées à donner leur identité à plusieurs reprises sans avoir jamais été recontactées par la suite.

« 2) Le respect des victimes passe aussi par la protection de la diffusion de leur image dans les médias, en rendant par exemple obligatoire le floutage des visages. Nombre de nos membres s'en sont plaints et cela a souvent ajouté à leur traumatisme.

« 3) Ce soir-là, aucun dispositif réel de soutien psychologique n'a pu être proposé massivement, les agents de la protection civile se retrouvant à endosser un rôle d'écoutants, ce qui a vraisemblablement traumatisé encore plus de personnes. La grande majorité des gens emmenés à la cellule d'urgence ce soir-là a été relâchée entre 4 heures et 6 heures du matin sans consignes sur les démarches à entreprendre par la suite.

« La prise en charge des blessés a pu être très longue sur certains sites. L'examen fait par des soignants dans l'urgence a pu donner lieu à des erreurs qui se sont avérées parfois dommageables, comme un mauvais diagnostic sur l'absence d'une balle dans le corps d'une victime qui pourtant en avait reçu une.

« Concernant la prise en charge des victimes décédées, celle-ci a malheureusement été très préjudiciable pour les familles : l'Institut médico-légal a été débordé, des familles ont été laissées dans l'attente sans informations ou mal informées parfois durant trois jours.
« Pourquoi ne pas imaginer à l'avenir un dispositif permettant la reconnaissance par prise d'empreintes digitales au scanner ?

« Nous sommes aujourd'hui forcés de constater une administration pesante, procédurière et déshumanisée, avec parfois un manque d'empathie flagrant à l'égard des familles des victimes.

« Il s'agit donc de replacer l'humain au cœur des dispositifs de prise en charge.

« Nous souhaitons d'ailleurs saluer le travail extraordinaire que nous ont offert ce jour-là les forces de police, les pompiers, le personnel soignant des hôpitaux, les différents dispositifs associatifs d'aide aux victimes et de prise en charge qui ont su écouter, aider, prendre en charge au-delà de leurs propres peurs, de leurs cadres, en faisant preuve d'une empathie incroyable afin de répondre au mieux aux besoins de chacun.

« Il serait urgent aujourd'hui de s'assurer que le traumatisme chez les aidants soit lui aussi considéré et pris en charge.

« Il faut comprendre que quand on est victime d'attentat, on perd ses repères. La moindre démarche administrative apparaît insurmontable. Les victimes sont alors incapables d'être actrices de leur prise en charge tant elles ont besoin de soutien, d'aide et de simplification.

« La prise en charge est-elle uniquement un droit ? Ne doit-elle pas être une obligation, une loi étatique, afin que personne ne reste isolé face à sa reconstruction ?

« Pourquoi les différentes cellules ministérielles ne cherchent-elles pas à simplifier ces démarches en proposant un parcours de prise en charge allégé, avec un référencement commun à toutes les antennes pour la reconnaissance du statut de victime ?

« Est-ce réellement aux victimes et familles de victimes de devoir faire le travail de l'État sur leur propre prise en charge ?

« Est-ce aux associations de victimes et d'aide aux victimes de pallier le manque d'informations, d'organisation et de suivi de cette même prise en charge ?

« Aujourd'hui, au sein de notre association, arrivent quotidiennement des gens qui n'ont bénéficié d'aucune prise en charge depuis le 13 par manque d'informations, par découragement face au nombre impressionnant de démarches à effectuer. Ou simplement parce qu'ils n'acceptent pas leur condition de victimes.

« Nos membres étrangers, eux aussi victimes et familles de victimes, se retrouvent quant à eux abandonnés face au manque de coordination française auquel s'ajoute celui de leur propre pays avec le nôtre. Aucun d'entre eux n'a jamais été informé qu'ils bénéficiaient des mêmes droits que les citoyens français victimes d'actes de terrorisme.

« Communiquer dès le jour même semble impératif car nombreux sont ceux qui ont coupé l'accès aux médias ensuite et n'ont donc pas eu les informations.

« De la même manière, établir un processus de prise en charge qui se mette en place dès le début afin de ne plus épuiser les victimes dans ce long chemin qu'est la prise en charge apparaît vital. Par exemple, la convocation à l'évaluation du retentissement psychologique à l'Hôtel-Dieu aurait dû être donnée dès le début. Or elle a été mise en place au bout de trois ou quatre semaines seulement, obligeant les victimes ayant déjà porté plainte à refaire leur déposition[1].

« Le soir du 13, la France n'a pas su être en mesure de protéger ses concitoyens à la hauteur de ses obligations. Pouvons-nous espérer qu'un jour elle le soit en

1. Normalement, les victimes, dans le cas d'une infraction pénale, se voient remettre en même temps qu'elles déposent plainte leur réquisition judiciaire à se faire rapidement examiner à l'hôpital de l'Hôtel-Dieu pour définir le nombre d'ITT (incapacité temporaire de travail) et prendre une « photographie » de leur état psychologique le plus vite possible après l'acte délictueux subi afin d'étudier l'évolution de leur traumatisme.

ce qui concerne l'après ? Pouvons-nous, en tant qu'association et usagers de ces structures, avoir l'espoir d'être entendus et consultés sur le perfectionnement de la prise en charge des victimes ? Nous avons des droits mais nous sommes conscients d'avoir aussi un devoir envers les prochaines victimes potentielles.

« Aujourd'hui, notre association se positionne en travaillant main dans la main avec certaines associations d'aide aux victimes afin de pallier le manque d'informations sur les dispositifs mis en place, sur la prise en charge des victimes françaises, étrangères et des familles des victimes décédées.

« Au nom de Life for Paris, nous vous remercions pour votre invitation et pour votre écoute. »

Un silence.

Messieurs Fenech et Pietrasanta me remercient pour mon intervention « très claire et édifiante ».

Je sens que tout le monde est mal à l'aise.

C'est au tour d'Alexis, sur les mesures de sécurité et les failles constatées :

— Le 18 septembre 2015, le quotidien *Le Figaro* révélait, via une information de BFM TV, qu'un djihadiste français de retour de Syrie pour commettre un attentat dans une salle de concert avait été arrêté mi-août 2015 par la Direction générale de la sécurité intérieure (DGSI). Au lendemain des attentats du 13 novembre, Marc Trévidic, ancien juge antiterroriste, a affirmé qu'il avait auditionné ce terroriste présumé qui aurait évoqué le projet d'un attentat dans une salle de concert. Or, malgré cette menace, M. Trévidic a été invité à quitter ses fonctions au pôle antiterroriste à la fin du mois d'août 2015. Ce mouvement était-il opportun ? Ce même 18 septembre, un journaliste de RFI spécialiste du djihadisme, M. David Thomson, évoquait l'arrestation de cet homme et une affiche de propagande djihadiste incitant à faire exploser des grenades dans des salles de concert.

« Le 7 janvier 2016, le quotidien *Le Monde* a publié une enquête sur le parcours de ce terroriste présumé : celui-ci y explique avoir reçu, de la part de l'un des coordinateurs des attentats du 13 novembre, la mission de commettre une attaque en France lors d'un concert de rock. L'homme arrêté avait affirmé aux enquêteurs que cela allait se produire “très bientôt”. Le mode opératoire décrit lors de ces auditions correspond exactement à celui utilisé par les auteurs des attentats du 13 novembre 2015. Quelles mesures ont été prises dans l'intervalle pour assurer la sécurité des salles de concert ? Trois mois après cette arrestation et deux mois après ces révélations, la menace est mise à exécution au Bataclan, sur des terrasses parisiennes et au Stade de France. Le 13 novembre 2015, le Bataclan affichait complet et accueillait plus de mille cinq cents personnes, mais aucune mesure de sécurité n'a été déployée pour ce concert : il n'y avait aucune présence policière ou militaire devant la salle et aucune fouille n'a été effectuée. Au regard de la menace sérieuse, avérée, répétée et connue des services de renseignement, comment est-il possible que l'une des plus grandes salles de concert de Paris n'ait pas bénéficié des mêmes mesures de protection que celles déployées autour de certains lieux dits sensibles après les attentats de janvier 2015 ? Comment le plan Vigipirate, alors à son niveau le plus élevé, ne pouvait-il pas prévoir de mobiliser quelques hommes devant des salles accueillant des centaines ou des milliers de personnes ? Qui a décidé des endroits devant être protégés dans le cadre de Vigipirate ? Comment étaient déployées les forces du plan Vigipirate le 13 novembre 2015 ? Pourquoi certains lieux sont-ils protégés 24 heures sur 24 même lorsqu'ils sont vides, alors que d'autres sont délaissés quand ils sont remplis ? A-t-on sous-estimé cette menace ? On connaît le résultat : cent trente personnes ont été assassinées le 13 novembre 2015 et des milliers d'autres ont été blessées physiquement ou psychologiquement. Malgré le maintien du plan Vigipirate à son niveau le plus élevé et la mise en place de l'état d'urgence, nous constatons que les lieux recevant du public ne semblent pas bénéficier aujourd'hui d'une protection renforcée, militaire ou policière. Peut-on dans ces conditions considérer que toutes les actions et décisions adaptées ont été mises en œuvre en 2015 ? »

Nouveau silence. Nouvelle gêne.

Puis c'est au tour des autres intervenants de prendre la parole. Tout au bout de la « table des victimes » se trouve un homme que je n'ai encore jamais rencontré. Je l'ai beaucoup vu dans les médias juste après les attentats, nous sommes voisins, mais c'est la première fois que je le rencontre. Cet homme, c'est le patron de La Belle Équipe, le bar proche de chez moi qui a été touché lui aussi le 13 novembre et qui aujourd'hui encore me terrifie car il symbolise mon chez-moi, mon quartier, ma vie d'habitante du XIe arrondissement.

Il se lance dans un long discours ponctué de notes d'humour noir sur la situation que nous partageons tous ici. Je suis à la fois fascinée et perturbée par cet homme.

À son intervention succèdent les questions des membres de la commission d'enquête sur ce que nous avons vu, vécu ce soir-là.

Un intervenant au physique imposant, un juge, m'interpelle vertement alors que je suis en train d'expliquer qu'il est insupportable aux victimes de devoir se justifier en permanence et aller elles-mêmes chercher les informations pour être prises en charge. J'ajoute que l'État a failli puisque les menaces sur le Bataclan dataient de 2009 et que rien n'a été fait[1].

— Attendez, madame Langlade, excusez-moi, mais pourriez-vous s'il vous plaît nous relater en détail, minute par minute, ce qui s'est passé le soir du 13 ?

Sa question me déstabilise. Mais enfin, qui sont ces gens ? Ne sont-ils pas censés être informés du sujet

1. Le djihadiste Fabien Clain, dont la voix a été identifiée sur la vidéo de l'organisation État islamique revendiquant les attaques du 13 novembre, avait déjà menacé la salle de spectacle du Bataclan en 2009, lui reprochant l'organisation d'événements en faveur de l'État d'Israël. Le meilleur ami de Fabien Clain, Farouk Ben Abbes, avait par ailleurs été interpellé en février 2009 dans le cadre de l'affaire de l'attentat du Caire et avait déclaré aux policiers avoir en projet une attaque terroriste en France contre le Bataclan. Ce projet sera confirmé deux ans plus tard, lors de l'audition dans les locaux de la DCRI (devenue en 2014 la DGSI, Direction générale de la sécurité intérieure) d'une Française proche de Ben Abbes, interpellée dans le cadre de l'enquête du Caire.

qui nous réunit aujourd'hui ? La presse a publié en long, en large et en travers le déroulement chronologique des événements. Alors pourquoi me couper la parole sur ce point ?

Je commence à lui répondre lorsque le père qui a perdu sa fille m'interrompt à son tour.

— Excusez-moi, mais dans le magazine médical auquel je suis abonné, ils ne donnent pas les mêmes horaires que vous. L'assaut a eu lieu bien plus tôt que ce que vous dites.

Ces types qui me coupent la parole, alors qu'ils ne le font pas avec les autres, commencent à me gonfler prodigieusement.

Je ne me laisse pas intimider.

— Écoutez, monsieur, j'y étais et j'y suis restée prisonnière jusqu'à la fin, donc je pense que je sais ce que je raconte ! Le journaliste médical y était-il, lui ? Alors merci de me laisser finir de répondre à la question qui m'est posée. Monsieur le juge, si vous souhaitez connaître le déroulé horaire de l'attaque, je vous invite à lire la presse française, qui a actuellement pour unique sujet ce fameux déroulé horaire. Je ne suis pas journaliste et ce n'est pas mon propos.

Quelques jours plus tard, dans le cabinet de mon psychothérapeute, je lui expose combien la question posée par ce membre de la commission m'a déstabilisée, et même mise en colère, quand on sait que l'homme en question est un ancien juge antiterroriste supposé maîtriser ces questions.

— Quel est le travail des gens de loi, Caroline ? Les juges, les avocats, quel est leur but ?

Comme d'habitude, j'ai du mal à suivre mon psy… Mais je sens que je m'approche d'une information intéressante.

— Euh… je ne sais pas… défendre la vérité ?

— Non ! Trouver la faille ! Voilà leur travail ! Trouver la faille dans le témoignage pour démonter l'ensemble du propos ! Cet homme, pendant que vous étiez en train d'expliquer que l'État avait failli dans sa mission, a cherché à vous faire dire des choses que vous ne maîtrisez pas pour pouvoir démonter l'entièreté de vos propos. C'est de la déstabilisation classique. Vous avez très bien réagi en n'entrant pas dans son jeu. Cette commission est bien plus politique qu'un réel travail de lutte contre le terrorisme.

J'en reste les bras ballants. Il a raison. Me revient en mémoire le petit sourire avec lequel le juge m'a posé sa question, question sans aucun rapport avec mon propos… La politique, plus que jamais, essaie de faire de nous des marionnettes. Ces quelques membres de la commission présents, loin d'être au complet, n'étaient pas là pour nous. Mais pour un autre enjeu qui m'est aujourd'hui encore assez obscur.

En sortant de l'Assemblée nationale ce jour-là, je passe devant le patron de La Belle Équipe que je souhaite saluer. Je suis mal à l'aise, bredouille vaguement qui je suis, qui nous sommes à Life for Paris, et dans un élan spontané lui propose de nous rejoindre.

— Je me débrouille très bien tout seul. Mais merci.

Bon… Voilà. Nous ne sommes pas toujours une réponse, chacun est différent, chacun a ses besoins propres et c'est d'une certaine manière rassurant. Mais j'aurais aimé que cet homme, dont je me sens proche par le quartier qui nous lie, soit avec nous. J'aurais senti notre famille un peu plus complète. J'aurais eu l'impression de réparer un peu de mon quartier blessé.

Je resterais donc incomplète et j'allais devoir apprendre à faire avec.

Le concert qui fait mal

Tout début février 2016, un matin, Maureen m'appelle pour me donner un numéro de téléphone.

— C'est celui de Sabrina, la directrice de l'INAVEM[1]. Elle veut nous rencontrer pour nous aider, mais je n'ose pas l'appeler. Tu peux t'en occuper ?

J'accepte un peu à contrecœur, car j'ai une journée des plus chargées, mais je sais combien Maureen peut être timide parfois, et je la comprends.

Au bout du fil, une voix chaleureuse me répond. S'ensuit une conversation de deux heures. Je suis assise sur la cuvette des toilettes, dans ma salle de bains qui fait office de bureau depuis des mois, puisque nous vivons à deux dans un studio. Et Alexandre ne veut pas entendre parler de tout ce qui touche aux attentats. Cette pièce étant la seule dans laquelle je peux m'éclipser, j'y passe désormais ma vie.

La conversation est très positive. Je sens, dans ce que Sabrina me dit, que nous avons beaucoup de

1. Institut national d'aide aux victimes et de médiation, renommé France Victimes depuis 2017.

valeurs communes et que nous sommes motivées sensiblement par les mêmes raisons. Nous décidons de nous rencontrer.

Quelques jours plus tard, un soir, on se retrouve donc avec Maureen, Sabrina et Isabelle, la personne chargée du suivi des victimes à l'INAVEM. Nous leur racontons les débuts chaotiques de Life for Paris, les difficultés rencontrées pour être reconnus, et combien notre action depuis plus de deux mois est une lutte de chaque instant.

Sabrina et Isabelle nous écoutent avec attention.

— Et vous, les filles, ça va, vous avez pu entamer vos démarches correctement ?

Oh, si vous saviez… Je me mets à leur raconter le parcours du combattant qu'ont été les semaines qui ont suivi l'attentat. Toutes ces heures baladée de service en service à chercher où trouver de l'aide jusqu'aux mots de cette femme, à l'autre bout du fil : « Maintenant ça suffit, on va s'occuper de vous ! Vous avez des droits et on va vous aider. »

Me remémorer cet épisode m'est douloureux.

— Sans cet appel salvateur, j'aurais sûrement fini par me foutre en l'air. Vous ne pouvez pas imaginer comme il m'a sauvé la vie.

— Si, Caroline, intervient Isabelle, je peux imaginer. C'est moi que tu as eue au téléphone ce jour-là. Je sais dans quel état de détresse tu étais.

Sabrina penche la tête sur le côté, avec un sourire qui semble dire « on est là maintenant ».

Des larmes roulent sur mes joues. Je suis terriblement émue. Je remercie au moins une vingtaine de fois Isabelle, qui finit par piquer un fard.

Sabrina nous regarde avec tendresse, puis son côté chef de meute reprend le dessus.

— Bon, les filles. De quoi avez-vous besoin ? Qu'est-ce qu'on peut faire pour vous ?

Maureen me lance un coup d'œil.

— Vas-y, explique-leur, toi.

Il y a d'abord le concert retour des Eagles of Death Metal programmé le 16 février 2016, c'est-à-dire deux semaines plus tard, nous sommes inquiètes car rien ne semble prévu sur le plan de la sécurité et de l'accompagnement des victimes et des familles.

Sabrina n'en croit pas ses oreilles, selon elle cela est tout bonnement impossible. Son téléphone sur haut-parleur, elle compose le numéro de la direction de l'Olympia.

— Bonsoir, monsieur. Je vous contacte au sujet du concert des Eagles of Death Metal. En tant que fédération d'associations d'aide aux victimes, je voulais connaître les dispositifs de sécurité et de soutien psychologique que vous envisagez pour ce concert.

Réponse :

— Rien. Je ne vois pas de quoi vous voulez parler. C'est un concert normal.

Sabrina éclate de ce rire sonore qui la caractérise. Un concert « normal »… Voilà une réponse à laquelle nous ne nous attendions pas, ni les unes ni les autres. Sabrina raccroche.

— Bon, les filles, je crois qu'on va avoir du boulot ! Un concert « normal » ! Non mais vraiment, j'hallucine !

Elle nous demande de quoi nos membres pourraient avoir besoin ce jour-là. Ce que nous souhaiterions pour nous sentir plus à l'aise. Un dispositif policier et des psychologues pour intervenir en cas de décompensation nous paraissent la meilleure solution.

Sabrina nous rassure, elle ne nous laissera pas tomber. Elle prend les choses en main. Et si le dispositif fonctionne, et qu'on obtient l'accord du Bataclan, nous réitérerons le processus pour les « visites de retour » au Bataclan que nous réclament nombre de nos membres.

Nous remercions Sabrina et Isabelle pour leur aide précieuse. Au moment de partir, je fais la bise à Isabelle et sans m'en apercevoir, je la prends dans mes bras et l'enlace. Ce câlin de remerciement, j'y pense depuis le jour de ce coup de téléphone et je suis heureuse de pouvoir le faire enfin.

Je salue Sabrina, qui à son tour me serre de toutes ses forces contre elle.

— Moi aussi je veux vous faire un câlin, les filles ! Ça fait du bien de sentir cet amour qui nous lie !

Je suis sous le charme de ces personnes et de leur structure. Ici ne transpirent que l'humanité et la passion d'aider les autres.

Dans moins de deux semaines, je vais donc retourner pour la première fois de ma nouvelle vie dans une salle de concert. Je sens que c'est trop tôt, cette perspective me terrorise. Seule la certitude que Sabrina, Isabelle et l'INAVEM seront avec nous me rassure un peu.

Le jour du concert arrive plus vite que je ne l'aurais souhaité.

16 février 2016, nous y sommes.

Je me réveille le matin avec une boule au ventre énorme, qui ne passe pas. J'appelle Maureen, nous avons rendez-vous avec quelques copains de l'association devant l'Olympia avant midi, pour distribuer des badges de Life for Paris à nos membres.

Une fois sur place, je suis submergée par la peur. Devant la salle, une foule est déjà rassemblée, en pleine rue, et pas le moindre dispositif policier à l'horizon. Intérieurement, je prie de toutes mes forces pour que ces salopards de terroristes n'aient pas l'idée de passer avec une fourgonnette terminer le travail. Je tente de me ressaisir, mais rien à faire. Je me déporte quelques mètres plus loin pour discuter avec nos membres, plus à l'abri.

Ce jour-là, avec Maureen, nous enchaînons les bisous, les câlins, les discussions avec plusieurs centaines de membres de notre association. Tous aspirés dans un flot d'émotions très difficile à contenir mais qui nous fait réaliser que nous sommes là, vivants et ensemble.

Les interviews s'enchaînent également. Que ressentons-nous ? Avons-nous peur ? Venons-nous finir le concert interrompu le 13 novembre ? Une avalanche de questions plus bêtes les unes que les autres.

J'essaie de faire passer le message que Life for Paris est là pour ceux qui le souhaitent, que nous sommes déjà nombreux à nous être retrouvés. Et que non, nous ne venons pas « finir » le concert commencé le 13 novembre. Nous venons en faire un nouveau.

Je ne sais plus où donner de la tête, je cours dans tous les sens, les yeux sur mon portable, dans l'attente de nouvelles d'Alexandre qui doit me rejoindre après sa formation.

Sabrina, la directrice de l'INAVEM, arrive sur place en début d'après-midi, pour installer les équipes psy de la CUMP. Elle s'approche et nous glisse, à Maureen et à moi :

— Avant le concert, je vous présenterai à Juliette Méadel, la secrétaire d'État chargée de l'aide aux victimes[1]. Elle veut vous rencontrer.

OK. La journée n'était pas assez stressante, il faut croire. Nous allons enfin rencontrer un officiel auprès de qui faire remonter les problématiques rencontrées par nos membres. Mais il faut que ce soit ce jour-là…

Un peu avant le début du show, le groupe vient se mélanger à la foule. J'essaie depuis trois mois de contacter Jesse, le chanteur, pour lui demander comment il va. Au moment où il passe à côté de moi, une copine de l'asso, qui le connaît bien, l'interpelle.

— Jesse, voici Caroline. Elle a cofondé l'association Life for Paris.

1. Le 11 février 2016 est créé un secrétariat d'État à l'aide aux victimes confié à Juliette Méadel, et placé sous l'autorité du Premier ministre. Ce secrétariat d'État, pérennisé jusqu'à la fin du mandat de François Hollande en mai 2017, sera supprimé par Emmanuel Macron après son élection à la présidence de la République.

Jesse me serre dans ses bras, me remercie.

Je suis sous le choc. J'ai enfin réussi à lui parler. Encore secouée par l'émotion, j'entends au loin Sabrina nous appeler avec Maureen. Nous nous dirigeons vers elle. L'équipe de sécurité nous arrête dans notre élan, mais Sabrina les coupe, cinglante :

— Elles ont survécu aux attentats, croyez-moi, elles sont sans danger.

Nous la suivons dans le long couloir qui mène au hall d'accueil. À côté de nous, des fans se mettent à courir en hurlant, bravant un à un les barrages de sécurité afin d'être les premiers dans la salle. Je souris en songeant que, définitivement, les agents de sécurité sont impuissants contre deux catégories de la population : les fanatiques religieux et les fanatiques musicaux.

Sabrina nous oriente vers un petit vestibule qui ouvre sur une grande salle aux murs recouverts de miroirs. À l'intérieur, nous sommes accueillies par les équipes de la CUMP et de l'INAVEM. Nous les remercions de tout notre cœur d'avoir accepté de venir nous soutenir ce soir lorsqu'une rumeur commence à envahir la pièce.

Madame la ministre arrive.

Nous nous installons de chaque côté de la porte, avec les équipes, pour l'accueillir. Elle nous salue et nous invite à prendre place avec elle dans les fauteuils disposés en cercle. Maureen et moi sommes intimidées au plus haut point. Cette rencontre, cette écoute, nous l'attendons depuis des semaines. Nous n'avons pas droit à l'erreur. Nous devons porter notre message le plus collectivement possible.

À côté de nous, les membres d'une autre association de victimes.

— Je suis heureuse de vous rencontrer, commence Juliette Méadel. Bien sûr, les circonstances d'aujourd'hui sont un peu stressantes, mais il me paraissait essentiel d'être là avec vous, pour vous témoigner mon soutien et vous dire que nous allons pouvoir travailler ensemble dans les mois à venir. Monsieur le président de la République m'a nommée afin de vous représenter, et c'est avec fierté et cœur que j'ai accepté. Je suis une femme de gauche, mon cœur est à gauche depuis toujours et je suis fière d'appartenir à ce gouvernement socialiste.

Le caractère politique de ces propos me laisse perplexe. Car, même si personnellement j'ai voté pour le parti socialiste, je sais que l'ensemble des victimes que nous représentons est tout sauf une communauté rassemblée par les mêmes opinions politiques. Il y a chez nous des gens de gauche, de droite, d'extrême gauche, d'extrême droite, des anarchistes, des abstentionnistes, des étrangers, des naturalisés, des non-naturalisés. Il y a de tout et c'est bien là ce qui fait la spécificité du 13 novembre.

Nous échangeons de longues minutes avec la secrétaire d'État. Certains lui font part de leurs factures de pharmacie non remboursées, d'autres de leur énervement face à l'administration. Avec Maureen, nous restons silencieuses.

Juliette Méadel se tourne vers nous et nous invite à nous présenter. Maureen présente succinctement notre structure. J'expose les problématiques de démarches communes à beaucoup d'entre nous et demande si nous pourrions travailler avec l'aide du secrétariat d'État à trouver des solutions ensemble afin d'améliorer les processus de prise en charge pour le moins kafkaïens.

La réunion se termine sur l'engagement pris de se revoir très vite. Dans ma poche je sens mon téléphone vibrer avec insistance.

La ministre quitte la pièce et Sabrina fond sur nous avec un sourire malicieux.

— Bravo, les filles. Ça s'est très bien passé ! Vous avez été super ! Je suis fière de vous.

Sur mon téléphone, il y a une vingtaine d'appels en absence d'Alexandre.

La pression monte. Alexandre est là, quelque part, dans cette salle, et nous sommes séparés. Comme le 13 novembre. Cette idée m'est insupportable. Je me précipite dans le hall, le cherche des yeux dans la foule. Je ne le vois pas. Sabrina m'attrape par le bras et me tire dans sa direction.

— Il est là, ma belle. Calme-toi, tout va bien. Il est là.

Je saute sur Alexandre et le serre de toutes mes forces comme si c'était la première fois qu'on se retrouvait. Il me fait un peu la tête de l'avoir abandonné. Encore une fois, j'ai fait passer l'association avant lui, il ne sait pas ce que j'y fais au juste mais ça commence à le contrarier grandement et je le sens…

François, mon ami retrouvé du 13, nous hèle. Il est près du bar et veut nous offrir un verre. Je refuse poliment une bière, préférant une boisson sans alcool, au cas où il nous faudrait de nouveau courir pour échapper à la mort ce soir.

On trinque. Dans la salle le concert démarre.

Les spectateurs passent à côté de moi, beaucoup me reconnaissent. On s'embrasse, on discute, je prends des nouvelles de chacun. Alexandre observe la scène d'un œil surpris. Il est en train de comprendre que tout ce temps passé au téléphone, c'est en fait du temps passé avec des gens dont je connais les histoires, les familles, les soucis. Plus tard, il me dira être impressionné par mon engagement.

On finit par entrer dans la salle à notre tour, après une longue respiration, main dans la main, prêts à affronter notre plus grande frayeur.

Le concert sera vécu comme un terrible retour en arrière. Pour nous deux. Peut-être trop tôt ? Trop compliqué à vivre ? Peut-être tout simplement avons-nous perdu notre goût pour les concerts. Toujours est-il que nous l'avons très mal vécu.

Beaucoup d'entre nous l'ont passé collés aux sorties de secours, d'autres à vérifier en permanence si aucun terroriste n'était en train de se faufiler dans la salle.

Autour de nous, des spectateurs non présents le 13 novembre s'amusent, se poussent, s'embrassent. Sur scène, le groupe ne semble pas dans son assiette. On sent que c'est dur pour eux aussi. Une larme coule sur mon visage. Puis une deuxième. Une femme debout près de moi me dévisage. Elle donne un coup de coude à son compagnon et, en me regardant, lui dit :

— Regarde, la fille, elle pleure. Ça doit être une rescapée du Bataclan.

J'ai l'impression d'être au zoo. Enfermée dans une cage à voir les curieux nous observer comme des bêtes de foire.

Le concert est sur le point de se terminer. Il faut que je sorte. Je ne supporte plus. J'ai envie de vomir.

Je lâche la main d'Alexandre, lui glisse que je dois sortir et pars en courant vers le hall d'entrée. Comme j'approche des portes battantes, une amie anglaise de l'association m'aperçoit et me coupe dans mon élan. Elle colle sa tête contre la mienne et me hurle en anglais, les joues ruisselantes de larmes :

— C'est de la merde ce concert ! C'est horrible ! On n'a rien à faire ici ! On devrait être juste entre nous, et pas au milieu d'inconnus qui viennent pour le plaisir de se faire un peu peur, de se sentir en vie. Ça me dégoûte.

Ma pauvre amie est dévastée. Elle a également bu beaucoup de bière. Je ne sais pas combien d'entre nous auront ce soir-là trouvé dans l'alcool une béquille salutaire, qui deviendra au fil des mois une véritable pathologie, compliquée à gérer.

Alexandre me rejoint dehors quelques minutes plus tard. Il a tenu jusqu'au bout mais semble bien secoué lui aussi.

Alors que nous nous apprêtons à partir, un copain de ma vie d'avant, que je n'ai pas vu depuis plusieurs mois avant le Bataclan, s'approche de nous.

— Bonsoir Caroline. J'ai su pour vous deux. J'ai voulu vous appeler plusieurs fois, mais je n'ai pas trouvé la force. Ni les mots. Je devais être là-bas le 13, mais un concert avec mon groupe m'en a finalement empêché. Par contre j'ai des amis qui y étaient. Dont un qui y est resté de longues heures. Il a été traumatisé. Je lui ai parlé de ton association et il y a quelques semaines, il t'a contactée. Je sais qu'il a failli se foutre en l'air mais ce jour-là, tu l'as aidé et il a compris qu'il n'était pas seul. Tu lui as sauvé la vie. Aussi, j'aimerais te remercier. Je te présente un ami qui va t'accompagner vers ton cadeau de notre part à tous les deux.

Je ne sais pas quoi dire. Cette rencontre et cette histoire me bouleversent.

— Viens, me fait le garçon tatoué debout derrière mon ami.

J'attrape Alexandre qui me demande où je l'entraîne. Je lui réponds de me suivre, c'est tout.

Après avoir traversé un long couloir et des escaliers dans tous les sens, on finit par atterrir dans une pièce bondée de monde. Devant nous, un genre de géant nous demande en anglais ce que nous voulons boire.

C'est Josh Homme, le cofondateur du groupe et une de nos plus grandes idoles avec Alexandre.

Alexandre me regarde, stupéfait.

Dans un clin d'œil je lui glisse :

— Je te rappelle qu'on ne s'ennuie jamais avec moi !

Les visiteurs du soir

Le mois de février 2016 a été celui où j'ai commencé à reprendre un peu possession de ma vie et de mes émotions.

Il faut dire que le déblocage ne s'est pas fait en douceur. Ça s'est passé un soir d'hiver, un soir noir et glacial, où chaque minute je me suis demandé ce que je foutais là.

Avec Maureen, nous avions la ferme intention de faire aboutir ce projet de retour au Bataclan qui nous avait été demandé à plusieurs reprises par des membres de Life for Paris. Je lui avais signifié mon refus total de participer à cette aventure « de l'intérieur », mais je me voyais dans l'obligation d'accepter pour qu'elle ne soit pas seule et que nous continuions à nous soutenir mutuellement, comme nous le faisions depuis le début. « Les amis avant les ennemis », toujours.

En sortant de la commission d'enquête où je viens d'être auditionnée de longues heures, je saute donc dans un taxi pour rejoindre Maureen dans le XIe arrondissement.

Et nous voilà, toutes les deux, debout sur un trottoir du boulevard Voltaire, où nous devons rejoindre Jérôme, le patron du Bataclan. Il est 10 heures du soir, j'ai froid, et je ne sais plus pourquoi je suis là, pourquoi j'ai dit oui.

Une petite porte s'ouvre à l'arrière du bâtiment, on s'y faufile à la suite de Jérôme. J'ai l'impression de préparer un mauvais coup, d'être le personnage d'un film de gangsters, ceux qui entrent en douce pour faire le casse du siècle. En fait je me fais penser à un… terroriste. Un truc a dû définitivement sauter dans ma tête. Si Maureen pouvait m'entendre, elle s'inquiéterait que j'aie des pensées aussi cons. La porte se referme derrière nous, on s'avance doucement dans ce couloir noir et étroit, les lumières s'allument et soudain je la vois… je la sens.

La salle du Bataclan est là. Là où je l'ai laissée trois mois plus tôt, lors d'une soirée impossible.

Elle me dévore les yeux, les narines et la tête.

L'odeur. Cette odeur de mort qui s'accroche à ma vie depuis le 13 novembre. Cette odeur qui me fait emprunter des chemins de traverse pour ne plus passer devant les boucheries tant ce qui s'en dégage me soulève le cœur désormais. Et tous ces trous, là, devant mes yeux. Ces impacts de balles omniprésents, témoins de la violence de notre histoire.

Le monstre qui a failli me dévorer est à nouveau vivant, je le sens autour de moi, qui tente de m'étouffer. Je sens la présence de ceux à qui l'on a ôté la vie, j'entends à nouveau leurs cris. Mes jambes sont à deux doigts de m'abandonner.

Comme un enfant qui apprend à marcher, je m'accroche. J'agrippe d'une main la rambarde que j'avais lâchée ce soir-là pour un siège moelleux. Je pose mon regard sur la salle en couleurs que j'ai pourtant quittée en noir et blanc lorsque nous sommes sortis, mon cerveau me jouant des tours pour essayer de contrer le cauchemar. Peu à peu, dans un silence d'église, je me réapproprie le lieu.

Bouger dans cet espace où tout s'est figé il y a quelques mois me fait un bien fou d'un seul coup. La vérité reprend ses droits sur l'horreur.

La salle est composée de quatre murs et un toit, et non de mâchoires infernales cherchant à nous broyer vivants. Elle est petite et non immense comme dans mon souvenir. Un mètre ne mesure pas la même distance selon que vous marchez normalement ou qu'on vous tire dessus. L'escalier que j'avais emprunté est droit et non en colimaçon. Et la loge, elle, est encore plus petite que dans mes souvenirs.

Alors que nous montons à l'étage avec Jérôme, celui-ci cherche à allumer la lumière. Je le devine dans la pénombre, les doigts sur l'interrupteur, en train d'essayer d'actionner le bouton. Clic. Une fois, deux fois, puis désespérément. Ce soir-là la lumière décidera de ne pas fonctionner dans les étages.

Jérôme est tendu, gêné de nous ouvrir les lieux dans ces conditions, plutôt terrifiantes pour deux rescapées. La visite se poursuivra donc dans le noir, à la lueur d'une lampe de poche.

Alors, comme à mon habitude, au milieu du silence, de la difficulté, de la noirceur, j'ouvre la bouche et balance :

— Avouez que vous êtes missionné par Daesh pour terminer le travail et nous achever à coups de crise cardiaque.

Un silence de quelques secondes, une éternité, finit d'épaissir le malaise. Avant d'être rompu par un fou rire général. Car oui, rentrer dans ce lieu nous terrifie tous. Pourtant, nous sommes encore capables de recouvrir les impacts de balles d'un éclat de rire.

Comme je l'avais dit un peu plus tôt à Jérôme, nous symbolisions avec Maureen un bon échantillon de ce que souhaitaient les gens du 13 : l'une de nous voulait retourner à l'intérieur, l'autre pas.

Malgré mon refus catégorique de retourner un jour au Bataclan, je dois bien admettre que revenir ici me fait du bien. Cette salle n'est qu'une salle. Ce qui s'est passé ici n'a rien à voir avec elle. Et revenir sur les lieux permet de couper court à l'imagination, au flou immense dans lequel je nage depuis les attentats.

Nous ressortons. Je suis secouée mais un peu plus légère.

Maureen, elle, est formelle : ce moment vient de lui offrir une étape importante dans sa reconstruction. La décision est prise : le Bataclan va rouvrir ses portes pour les gens du 13 novembre.

Monsieur le président de la République et les plafonds

Le 21 mars, nous avons rendez-vous avec Maureen et Serge, mon ami blessé et veuf depuis le 13 novembre, pour la première réunion « Construisons ensemble », organisée par le secrétariat d'État chargé de l'aide aux victimes et animée par Juliette Méadel. Nous sommes, avec tous ses acteurs, conviés afin de réfléchir aux axes d'amélioration de cette aide.

Comme dans toute première réunion, nous cherchons nos marques, repérons qui autour de la table est « important » par rapport aux dossiers que nous défendons. Serge et moi sommes plutôt à l'aise avec l'exercice, nous connaissons nos dossiers sur le bout des doigts et avons bien préparé la réunion.

Maureen, elle, est très stressée. Peu à l'aise avec le politique, avec les batailles, elle semble tétanisée sur sa chaise. Il faut dire qu'un autre rendez-vous des plus impressionnants nous attend dans la foulée.

La réunion se termine, pas le temps de manger, on saute dans un taxi.

— À l'Élysée, s'il vous plaît.

Maureen s'enfonce dans son siège. Elle a le regard dans le vide. Dans le rétroviseur, le chauffeur fronce les sourcils, un peu surpris par notre destination. On n'a pas un look d'énarques, visiblement.

Maureen pose doucement sa main sur la mienne pour attirer mon attention.

— On déconne plus, là, en fait…

Je lui souris.

— Je crois qu'on n'a jamais déconné, Maureen. C'est juste que maintenant, on réalise.

On éclate d'un rire nerveux. On se regarde. Il y a dans les yeux de Maureen une douceur qui pétille, quelque chose qui depuis plusieurs mois me donne une force prodigieuse pour déplacer les montagnes avec elle, avec Serge, avec les copains de l'association.

Le taxi nous dépose devant l'Élysée.

On nous fait entrer, vérification du listing, des identités, portail de sécurité, badges de visiteurs. Nous posons le premier pied dans la cour du palais. Devant nous, des dizaines de journalistes sont parqués dans l'espace presse qui longe la cour. Maureen me prend la main. Je sens sa peur. Alors, fidèle à moi-même, je sors une blague pour détendre l'atmosphère.

— On a survécu au Bataclan, c'est pas un président de la République qui va nous faire peur, pas vrai ?

Je réussis à lui arracher un sourire.

— Viens, on prend un selfie avec l'Élysée derrière nous !

Le moment n'est pas opportun mais nous ne reviendrons sûrement jamais, donc garder un souvenir est une bonne idée. Une gentille policière accepte de nous prendre toutes les deux en photo. Maureen envoie le selfie à sa mère, moi à la mienne. Réponse de nos mamans, telles une seule femme : « Bon courage les filles. On est fières de vous ! »

Bon, faut y aller. Je sens ma boule au ventre se serrer un peu plus. Nous avançons dans la cour. Quelques journalistes nous reconnaissent et les flashs se déclenchent dans un bruit sourd de cliquetis.

Nous pressons le pas car l'exercice n'est pas des plus agréables.

À l'intérieur, on nous conduit dans un salon où l'on retrouve des visages connus, des gens croisés le matin même à la réunion de Juliette Méadel.

Je pique un fou rire en voyant Maureen prendre en douce une photo du plafond. La beauté du lieu la laisse bouche bée. Cette passion soudaine pour les plafonds deviendra de ce jour notre petit truc à nous. Dorénavant, chaque réunion dans un lieu d'exception, chaque plafond qui en vaut la peine sera immortalisé par Maureen ou par moi pour sa collection privée.

— Mesdames, messieurs, monsieur le président de la République, annonce un huissier.

François Hollande pénètre dans le salon, l'air grave et accueillant à la fois. Maureen et moi sommes carrément impressionnées, je dois avouer. On ne rencontre pas le président tous les jours.

Il salue chacun d'entre nous, et nous invite à passer dans la salle de réunion. Je cherche des yeux autour de la table le carton avec mon nom. Maureen a été installée en face du président, les autres représentants associatifs à ses côtés. M'étant incrustée à la dernière minute, je constate que j'ai été reléguée tout au bout de la table, à côté des représentants de l'aide aux victimes, INAVEM et PAV, à tel point que je suis carrément du même côté de la table que le président de la République.

Ça me fait sourire.

Outre Maureen et moi, il y a autour de la table cinq membres de l'association Fraternité Vérité, deux représentants de l'AFVT (l'Association française des victimes de terrorisme), deux de la FENVAC (la Fédération nationale des victimes d'attentats et d'accidents collectifs). Je souris à nouveau en me rappelant mon échange de la veille avec le secrétariat de l'Élysée m'expliquant qu'il était difficile de m'inscrire en plus, qu'un seul représentant par association était convié. Force est de constater à cet instant que j'ai bien fait de me battre, les règles ne sont visiblement pas les mêmes pour tout le monde.

Le président invite chacun à s'exprimer. Dans un grand élan de courage, tous les hommes se tournent vers Maureen et lui proposent, par pure galanterie certainement, d'ouvrir le bal. Maureen raconte Life for Paris, nos valeurs, nos actions, nos membres. Le président l'écoute avec attention. Puis la parole est donnée au voisin, puis au suivant, et ainsi de suite. Devant moi, peu à peu, se met en place un besoin de reconnaissance de la souffrance personnelle de chacun. On ne parle plus associatif mais dossiers personnels, vies de l'après, désarroi. Je me demande réellement ce qui se passe. Nous sommes ici pour représenter les victimes, et nous assistons à une compétition de souffrance qui n'a aucun sens…

Le tour de table se termine. J'ai l'impression de revivre les échanges terribles de nos débuts, lors de nos réunions avec la fédération d'associations pour monter Life for Paris. Ça me laisse sans voix, et ça tombe bien, vu que je suis plus près des rideaux que des victimes, on ne me voit pas et on ne me demandera rien.

Pourtant, au moment où je m'attends à ce que le président conclue la réunion, celui-ci se penche en avant, et lance :

— Je crois qu'il nous reste à entendre Caroline Langlade, vice-présidente de l'association Life for Paris. N'est-ce pas ?

Il m'adresse un sourire engageant. Bon, allons-y…

— Monsieur le président, merci beaucoup pour cette invitation qui montre votre attachement à l'accompagnement des victimes de terrorisme. Merci aussi à vous d'avoir nommé madame Juliette Méadel comme secrétaire d'État. C'est un véritable engagement de votre part. Comme je le disais ce matin en réunion « Construisons ensemble » à madame la ministre, il y a aujourd'hui plusieurs urgences sur la question des victimes. La première, et nous venons d'y assister, est la création d'un statut unique de victime. Tant que nous parlons tantôt de victimes blessées, de familles de victimes décédées, de victimes impliquées, impactées, rescapées, il y aura entre les victimes une sorte de compétition de la souffrance, qui est un véritable danger. Il n'y a pas une souffrance plus forte qu'une autre, pas une victime qui mérite un meilleur traitement qu'une autre victime. Chacune des personnes autour de cette table a souffert, chacune des victimes a droit à être accompagnée, aidée, prise en charge, sans comparaison de statut. En créant un statut unique de victime, vous fermez enfin la porte à cette échelle de valeurs que l'on établit tous et qui met de côté de trop nombreuses personnes qui ne se considèrent pas victimes face à leur voisin. La seconde priorité est celle de la prise en charge et de l'accompagnement des aidants. Tous ces anonymes sortis aider, traumatisés dans leur âme, doivent recevoir les remerciements de la Nation pour leur acte de solidarité, et être aidés sur le plan psychologique car personne ne doit rester isolé après avoir eu à faire face à des scènes de guerre extrêmement traumatisantes. Enfin, nous espérons que tous les moyens seront donnés au secrétariat d'État afin qu'il puisse permettre des avancées importantes pour les victimes. Merci, monsieur le président, pour votre écoute et votre invitation.

François Hollande me regarde, marque une pause et me remercie. Je me dis que j'y suis peut-être allée un peu fort, mais après tout il n'y a rien à perdre car c'est certainement notre unique occasion de le rencontrer et de lui parler directement.

Il nous remercie tous d'avoir pris la parole et nous assure de son soutien sans faille jusqu'à la fin de son mandat.

Avant de partir, il vient saluer chaque intervenant. Maureen lui offre un badge Life for Paris. Je discute dans mon coin, près des rideaux (décidément !), avec la présidente de l'INAVEM et la directrice de Paris Aide aux victimes, nos deux partenaires de la première heure, quand François Hollande se dirige vers moi, escorté par Juliette Méadel.

— Merci pour ce témoignage construit et clair, me dit-il en me serrant la main. Juliette Méadel m'a beaucoup parlé de vous. Nous avons besoin de vous, elle a besoin de vous. Continuez votre travail précieux. Nous allons nous revoir très vite.

Je suis un peu sidérée par cet échange. Moi qui fais les choses sans arrière-pensées depuis le début, uniquement dans la volonté d'avancer collectivement, je réalise que Maureen avait vu juste quelques minutes avant : « On déconne plus, là, en fait. »

Retour en enfer

La première fois que je suis retournée au Bataclan, c'était cette fameuse nuit de février avec Maureen. En revoyant le chemin que j'avais parcouru en rampant le long du balcon, les images me sont revenues en pleine figure. La basket d'Alexandre à laquelle je me cramponne en me répétant comme un mantra « tant que tu la tiens, c'est qu'il est vivant », les bruits des rafales des kalachnikovs, les gens qui nous piétinent dans la panique pour s'échapper plus vite, beaucoup tombent autour de nous sous le feu des balles, les cris de ceux qui font face à la mort, les cris de vie de ceux qui tentent coûte que coûte d'y échapper… Une claque émotionnelle d'une intensité incroyable.

Et pourtant, dans cette salle vide et plongée dans la pénombre, je me suis sentie remplie pour la première fois depuis le 13. De nouveau je pouvais ressentir une émotion. De l'effroi, de la peur, de l'horreur, mais je ressentais enfin quelque chose.

En arrivant dans le couloir que nous avons emprunté ce soir-là, je me rends compte que l'escalier en colimaçon n'existe pas. Je me tourne vers Jérôme, le patron du Bataclan qui nous accompagne :

— Les travaux ont déjà commencé ?

Surpris, il me répond que non.

Le mouvement de panique, la foule, la sensation d'être emportée par un flot humain m'ont donc laissé le souvenir d'un tourbillon, là où l'escalier était pourtant aussi droit que le canon des tireurs.

En redescendant, la main posée sur la rambarde, je sens le contact froid du métal. Un frisson m'envahit, remonte tout le long de ma colonne vertébrale.

Nouveau flash-back.

J'ai perdu Alexandre. Je m'arrête dans ma course, le cherche des yeux tout en m'agrippant à la rambarde pour ne pas être emportée par la marée humaine qui coule sur moi. Un pied sur la première marche de l'escalier qui mène à l'issue de secours. Il est devant. Forcément. Je le tenais, je le suivais, il ne peut être que devant. Je lève le pied pour amorcer la descente des dernières marches qui mènent à l'issue de secours. Une ombre glisse en bas de l'escalier. Puis des flashs. Je suis face au tireur, face à la mort qui décime tout autour d'elle.

En une seconde, je comprends. Je hurle « Remontez ! Remontez ! », mes bras se débattent pour remonter à contre-courant le torrent de gens. Alexandre est là, sur le palier intermédiaire, il me cherche lui aussi. J'attrape sa main comme jamais je n'ai serré quelqu'un de toute ma vie. Une porte apparaît. On s'y engouffre.

— C'est là que tu étais, alors ?

La douce voix de Maureen m'arrache de ma torpeur pour me ramener à la réalité.

— C'est minuscule. Vous étiez quarante là-dedans ?

Oui, Maureen. Nous étions quarante. Oui, la pièce est minuscule. Nous avions chaud. Nous avions peur. Cette pièce est là, sous mes yeux. Elle existe pour de vrai. Tout ceci existe dans la vraie vie, ce n'est pas un mauvais rêve.

Jérôme est à côté de nous, muet devant la réalité de notre expérience ce soir-là. Il lâche un long soupir. Je sens bien que pèse sur ses épaules une lourde culpabilité qui n'est pourtant pas la sienne. J'aimerais dire une connerie comme je sais si bien le faire, pour dédramatiser, mais rien ne sort.

C'est mon instant, c'est mon souvenir. Je suis seule pour la première fois dans cette pièce. Elle m'appartient. Je peux ouvrir et fermer la porte à ma guise. Je peux m'y asseoir, m'y allonger. L'espace est réel. L'espace est matériel. Tout est vrai. Tout ça est réellement arrivé.

Je passe la main sur la table de maquillage. J'essaie de dévisser une ampoule, comme Alexandre ce soir-là, pour éteindre les dernières lampes dont nous ne trouvions pas l'interrupteur. J'ai besoin de toucher. J'ai besoin d'inscrire un souvenir tactile sur le souvenir émotionnel. J'ai besoin d'emprise.

En ressortant du Bataclan, je dis à Jérôme que je suis la preuve vivante que, si difficile que soit la « visite » de cette salle pour nous, il est vital d'autoriser ce « retour » à ceux qui en ont fait la demande. Pour permettre de comprendre, de toucher, de voir et ainsi d'accepter un peu mieux l'inacceptable.

C'est ce soir-là que nous avons démarré l'organisation du retour au Bataclan. Nous avions parlé à Jérôme du concert qui allait se tenir quelques jours plus tard à l'Olympia, et du dispositif mis en place pour l'occasion. C'est donc d'un commun accord que nous décidons d'utiliser le même dispositif pour permettre ce retour.

Quelques jours plus tard, à la fin d'une réunion à la mairie du XIe, je l'explique au maire, François Vauglin. Décision est prise de faire sécuriser, avec l'aide de la police, l'ensemble du périmètre, et de tout faire pour garder l'information aussi confidentielle que possible vis-à-vis de la presse. La consigne était donnée chez nous à ceux qui portaient la double casquette de « victime et journaliste », et cela ne posait visiblement de problème à personne.

Jérôme avait reçu des demandes individuelles de retour sur les lieux. Nous devions donc ouvrir ce dispositif à tous ceux qui le souhaitaient, membres de Life for Paris ou non. Faire le mieux pour tous. C'est notre valeur depuis le début.

J'informe donc de notre démarche l'autre association des victimes du 13, Fraternité et Vérité. Jérôme de son côté s'occupe des personnes qui lui ont adressé une demande individuelle ou via leur avocat. Même règle pour tout le monde : pas de presse, pas d'article pour les journalistes-victimes, et un accès strictement réservé aux personnes concernées par le Bataclan. Hors de question de faire de cette date une sorte de « morbide tour » à l'usage des curieux.

Reste à contacter la CUMP, de sorte qu'ils mettent à notre disposition des psychologues afin d'accompagner les gens en cas de besoin, car nous redoutons les décompensations. Je compose le numéro sur mon téléphone. Le directeur de la CUMP décroche, je lui explique notre démarche. Que l'idée derrière ces commémorations est aussi de permettre à des gens qui ne sont pas suivis par un psy d'être accompagnés ce jour-là, en situation de confiance, afin de permettre d'enclencher un suivi tout naturellement. Un silence. Puis cette réponse :

— Si vous pensez que c'est important, nous sommes avec vous. J'en parle à mes équipes et je reviens vers vous.

Merci à lui.

Depuis les débuts de Life for Paris, je me surprends quotidiennement à me voir entourée de nombreuses personnes prêtes à tout pour nous aider, nous soutenir. Cette force, cette humanité me tiennent debout et me donnent la force de soulever des montagnes pour nous tous.

Quelques jours plus tard, tout est prêt. Le quartier sera mis sous protection policière, des équipes de psys seront présentes, de même qu'une partie de l'équipe du Bataclan pour répondre aux questions que nous nous posons tous depuis des mois. Jérôme prévoit même un point d'accueil café. Il ne nous reste plus qu'à organiser les horaires pour chacun.

Un travail de longue haleine, minutieux, qui se terminera par deux nuits blanches, à finir le boulot en catastrophe. On a changé depuis cette nuit-là, mais on reste fondamentalement des êtres humains bordéliques, qui font tout dans l'urgence. Faut pas déconner non plus.

Lors de la première date, un peu plus de deux cents personnes seront présentes. À la seconde, presque trois cent cinquante. L'ambiance est lourde, les cœurs sont gros mais tout est parfaitement huilé et chacun trouve un peu de ce qu'il venait chercher ou laisser dans cette salle. Le premier matin, j'accompagne une amie qui est terrifiée. Nous croisons une autre amie de la loge. On se tombe dans les bras. Pas loin de nous, un groupe de garçons, des géants, nous regardent avec insistance. D'un coup je comprends qui ils sont. Je m'approche timidement :

— *Is one of you Ferry ?*

Un des garçons se met à gesticuler dans tous les sens.

— *It's me ! Oh baby ! So good to see you... Our little angel who saved our lives !*

Je me retrouve instantanément prise en sandwich au milieu d'un câlin de ces géants néerlandais. Ces grands gaillards font partie des victimes étrangères que j'aide, à bout de bras, afin qu'elles obtiennent une prise en charge correcte. Des heures et des heures passées à traduire en anglais des documents techniques, à exiger des structures de l'État des traducteurs, de l'aide, une aide chez eux. Ces étrangers que j'aime tant et pour qui j'aurais donné ma vie. Nous sommes là, sur le trottoir, et je ne veux plus jamais partir d'ici. Le Bataclan m'a offert le pire mais aussi le plus beau cadeau du monde. On discute, on pleure, on rit, on est heureux.

Au bout de quelques minutes, un homme s'approche de moi.

— Alors ça y est ? Tu dis plus bonjour ?

Didi ! Mon ami Didi, responsable de la sécurité du Bataclan et qui, le soir du 13 novembre, a sauvé des centaines de personnes. Je l'embrasse. J'abandonne quelques secondes mes Hollandais pour savoir comment ça se passe pour lui.

— Ça va ? C'est pas trop dur pour toi ? Pour vous ?

— Si, c'est dur. Je suis resté une heure avec une famille qui a perdu son fils. C'était terrible. Je me suis excusé de n'avoir rien pu faire pour lui. Mais bizarrement, ils m'ont remercié d'avoir pu en sauver d'autres. C'est dur mais c'est fort, tout ça.

Karim, un autre vigile du Bataclan, celui qui sera le gardien des murs pendant toute la durée des travaux, le « gardien du temple » comme je l'appelle, nous rejoint et se met à hurler :

— Oh c'est beau ça ! Oh putain c'est beau ! La vie revient. C'est magnifique.

Devant nous, au bout du chemin de barrières qui mène au poste d'accueil, apparaît un couple de copains de l'association. Un petit ventre rond se dessine sous sa robe à elle. Ils attendent un bébé, « pour novembre » nous glissent-ils en souriant.

— Ce sera notre revanche sur la mort. Notre avenir.

Je suis au bord des larmes. Toutes ces émotions mélangées sont mon quotidien depuis des mois, et je ne sais jamais comment les gérer. Alors je serre dans mes bras, j'embrasse, je pose une main sur la joue de la copine. Je ne sais plus parler avec des mots. Mon corps assure donc l'intérim avec des gestes.

Un peu plus loin sur le boulevard Voltaire, nous avons mis en place, au bar du Baromètre, ce lieu transformé en hôpital de fortune le 13 novembre par la propriétaire, un point d'accueil pour permettre aux gens de venir boire un verre, se retrouver – juste être ensemble.

Le flot de personnes ne faiblit pas. Certains restent toute la journée, d'autres quelques minutes seulement, mais ils passent. On distribue les badges de Life for Paris, idée de Maureen que les gens aiment car ils symbolisent l'appartenance à notre communauté. Pas convaincue à l'origine, je dois reconnaître que Maureen a eu là une belle initiative. Elle trouve toujours l'immensité de la beauté dans les plus petites choses. C'est aussi pour cela que je l'aime et qu'on forme un beau duo. Elle prend le temps quand je fonce, elle a le souci du détail quand je m'attache à regarder le global.

On échange un long moment avec mes amis anglais, ces autres victimes étrangères que j'ai également aidées pendant de longues semaines à faire valoir leurs droits. On m'offre des bières. On se sourit. Qu'il est bon de se retrouver dans d'autres conditions que sous le feu des balles.

J'abandonne quelques secondes mon siège pour passer au Bataclan faire une bise à Jérôme. Pour le remercier, lui et ses équipes. À la hauteur du Bataclan café où les équipes de la CUMP ont mis en place leur cellule, je tombe nez à nez avec l'urgentiste Patrick Pelloux.

Je suis surprise de le voir ici. Je me présente à lui, le remercie de sa présence et lui dis :

— C'est très bizarre de vous voir là… Il y a un peu plus d'un an, j'étais dans la rue pour vous. Aujourd'hui, c'est vous qui l'êtes pour nous. On est un peu une drôle de grande famille.

Il me regarde de ses yeux sombres. Et part sans rien répondre.

Je retourne à mon bureau temporaire du Baromètre. J'y retrouve Cristina, qui a perdu son fils au Bataclan. Elle me serre dans ses bras. Nous sommes heureuses de nous toucher. Elle colle son front contre le mien, autour de nous tout s'arrête. Un flot de mots en espagnol sort de sa bouche et je me surprends à tout comprendre, malgré mon 2 de moyenne annuelle au lycée. C'est étrange ce qu'a fait de nous cette histoire. On se comprend sans parler, on communique sans barrière de la langue, on est connectés les uns avec les autres. « Je n'ai pas de langue maternelle mais des langues fraternelles », a dit Tomi Ungerer.

Une copine entre dans le bar. Elle a l'air complètement chamboulée.

— Il y a un mec à l'intérieur, il prend des photos, il demande aux gens de répondre à ses questions… Ça m'a fait un choc. Je croyais qu'on était protégés des journalistes…

Mon sang ne fait qu'un tour. Qu'est-ce que c'est que ce bordel ? Un autre copain, assis pas loin, me dit que lui aussi a été surpris de croiser une femme qu'il connaît de son travail se balader à l'intérieur du Bataclan alors qu'elle était au Stade de France.

Je fonce au Bataclan pour essayer de comprendre. Je tombe sur Jérôme à qui j'expose le problème.

— Ne t'inquiète pas, je m'en occupe, me répond-il.

À ce moment-là, je vois sortir du Bataclan un homme que je connais, que j'ai vu plusieurs fois à la télévision depuis le 13 novembre. L'auteur de cette vidéo qui a fait tant de mal aux gens de chez nous, après le 13. Un ami journaliste qui est près de moi se charge d'envoyer un message à ce confrère en lui rappelant les règles, l'éthique et le respect qu'impose ce moment destiné aux victimes. Les SMS de réponse sont violents. Mon ami reste courtois mais je sens que l'affaire n'est pas terminée.

Le lendemain, c'est dimanche. Je me remets doucement de ces deux jours quand je reçois un mail du type de la veille, l'auteur de la vidéo, m'enjoignant de le contacter.

— Merci de dire à votre petite pute d'adhérent de me laisser tranquille sans quoi je porte plainte, s'énerve-t-il quand je le rappelle.

Ça commence bien. Je ne me laisse pas déstabiliser. Rester droite dans ses bottes.

— Écoutez, monsieur, nous avons établi des règles pour cette visite et visiblement vous ne les avez pas respectées. J'ai suivi vos échanges avec la personne en question, et il n'a pas été irrespectueux vis-à-vis de vous. Je vous demande de ne pas sortir votre papier par respect pour les victimes et familles de victimes.

Le ton monte.

— Écoute-moi bien. Je sortirai ce papier. Ce n'est pas une petite association de merde qui va me dicter ma conduite. Je vais porter plainte contre vous pour muselage de la presse. Vous êtes finis. Je te conseille de tenir tes chiens d'adhérents ou ça se terminera mal.

De mieux en mieux. Rester calme.

— Écoutez, monsieur, je crois que vous devriez vous faire aider car visiblement c'est difficile pour vous en ce moment…

Aïe ! Que n'ai-je pas dit…

— Écoute-moi bien, salope. Moi, je suis plus victime que toi, j'ai pris une balle, toi t'es qu'une merde. Tu n'as pas été blessée, tu n'es pas une vraie victime. Vaut mieux pas que je te croise ou que je croise ton chien d'adhérent.

Voilà… Voilà l'autre face de mon travail depuis le début de tout ça. Me faire régulièrement accuser de ne pas être une vraie victime, de ne rien connaître à la souffrance. Me faire engueuler par des gens qui ont la haine. Par des gens qui ne vont pas bien. C'est ça aussi le « monde merveilleux » des victimes.

Je rappelle Jérôme. J'ironise sur la situation en lui disant que je suis encore en pyjama et que je ne connais pas meilleure façon de passer son dimanche. Il est désolé et me promet de régler le problème. Pauvre Jérôme, que de soucis, que de responsabilités pour quelqu'un qui a repris cette salle quelques semaines avant la tempête…

L'article « trous de balles » ne sortira pas le lundi suivant.

L'ami journaliste fera un plateau pour expliquer l'importance de cette journée, appelant ses confrères à respecter l'intimité des victimes. Rappelant qu'elles sont des êtres humains en quête de reconstruction et non de la chair à médias.

Arriver à retourner le pire en meilleur, utiliser une situation délicate pour en faire sortir des combats essentiels, voilà notre travail.

Je crois que je suis devenue fleuriste.

De la merde, du « terro », faire sortir des fleurs.

Les nouvelles du monde

Dorénavant, mon quotidien est rythmé par les attaques terroristes tout autour du monde. Chaque fois c'est la même chose. La découverte, la confirmation, le choc, les images, les témoignages, l'impuissance, la tristesse et finalement la peur…

Le matin du 22 mars 2016, je me réveille après une nuit au sommeil haché, comme toutes les nuits depuis le 13 novembre.

Il est tôt. Premier réflexe, comme chaque matin, consulter mon téléphone. Il y a un message. De Samuel, le secrétaire de l'association, et il a l'air paniqué.

— Ça vient de péter à l'aéroport de Bruxelles.

Merde ! Qu'est-ce qui se passe ? Je tape les mots-clés sur Google : date du jour + attentat + Bruxelles.

Ça fait quatre mois que la majorité de mes recherches Google portent sur ce sujet. Le moindre bruit bizarre dehors, le moindre mouvement de foule, bim, c'est la panique et je vérifie.

Sous mes yeux s'affichent les nouvelles. Et elles ne sont pas bonnes. Une explosion à l'aéroport de Zaventem semble avoir fait plusieurs morts et de nombreux blessés. On se téléphone avec les copains, cela ravive de très mauvais souvenirs. Mon corps tout entier se met à trembler, revient cette sensation de mort imminente. La Belgique… Nos voisins, nos cousins, Bruxelles où, il y a peu, des copains sont partis s'installer pour démarrer une nouvelle vie.

Je leur envoie un message. Lui va bien, il travaille de la maison. Elle est à vélo, sur le chemin de son boulot. Elle plaisante de la situation avec l'humour noir qui la caractérise. L'humour, la « politesse du désespoir »…

— Tout va bien pour moi, ne t'inquiète pas.

Mais quelques minutes plus tard, une autre info tombe : second attentat dans le métro bruxellois. Nouvelle salve de messages aux copains, qui me répondent à nouveau de ne pas m'inquiéter.

Alexandre est à côté de moi. Moi qui refuse de prendre les transports depuis le 13, je me retourne vers lui :

— Tu vois ? ! Tu vois comme c'est dangereux !

La journée se passe. On envoie un message sur nos réseaux sociaux pour dire qu'on est là, à la disposition de toutes les personnes qui en auraient besoin. On essaie tant bien que mal de se rendre utiles dans ce chaos qui encore une fois nous dépasse.

C'est le soir que les choses changent. Mon amie bruxelloise, qui ce matin prenait le parti de l'humour face à l'ignoble, me rappelle. Cette amie, elle est journaliste. Son métier c'est de trouver les bons mots, d'exprimer des idées claires, elle est passionnée de culture et de littérature, j'ai parfois même du mal à la suivre. Mais là, au bout du fil, je ne la reconnais pas. Elle articule vaguement des mots, comme une succession d'idées qui ont besoin de sortir mais ne trouvent pas d'issue.

— Dans le métro… reconnue tout à l'heure. Corps déchiqueté… Morte… Elle est morte… J'étais avec sa maman… Je comprends rien… Je t'appelle toi car je sais pas pourquoi… pourquoi…

Après une longue discussion à essayer de démêler ce qu'elle cherche à me dire, je comprends qu'elle a perdu leur colocataire dans l'attentat du métro…

Mon cœur explose à nouveau. Je voudrais la serrer dans mes bras.

Elle qui m'avait crié de venir les rejoindre, au lendemain de « mon » attentat, vient de vivre le sien dans son nouveau pays d'accueil. Plusieurs jours durant, je l'appellerai pour prendre des nouvelles, l'écouter, essayer de l'accompagner au mieux comme l'avait fait pour moi cette femme formidable de la CUMP, Guillaumette.

Mais c'est douloureux. Comme pour toutes les personnes membres de l'association, il me faut écouter, digérer encore un peu plus de détails, d'horreur, de scènes de guerre. Je pense que c'est ce trop-plein de violence que j'avale qui me ronge le ventre depuis tout ce temps. Parce que je n'arrive pas à le digérer.

J'ai pris soin de mon amie autant que possible, à distance, répondant à chacune de ses sollicitations quelle que soit l'heure. Jusqu'à ce qu'elle n'ait plus besoin de moi.

Cinq jours après l'attentat de Bruxelles, je passe ma journée à vomir. En voyant les nouvelles tomber, celles d'un attentat au Pakistan dans un parc d'attractions, qui a tué plus de soixante-dix personnes dont une trentaine d'enfants, je suis à nouveau totalement bouleversée.

Qu'on s'en prenne à des adultes innocents, qui n'ont rien demandé à personne, est déjà inconcevable pour moi, mais des gosses ? Quel sous-être, quel atrophié du bulbe peut faire une chose pareille ? Comment peut-on se lever le matin et avoir pour projet d'aller tuer des enfants dans un parc, un jour de grand soleil ?

J'essaie de trouver du sens à la merde depuis des mois, mais là je sens que je viens de franchir un point de non-retour. Mon cerveau n'imprime plus rien, ça fait comme un trou béant dans lequel tombe chacune de mes questions.

Rien ne peut excuser cela. Rien.

Alors, incapable de digérer l'information, mon corps a décidé de la vomir. Mon ventre semble marcher bien mieux que ma tête, en ce qui concerne l'analyse géopolitique. Ça tombe bien, c'est mon deuxième cerveau, paraît-il, et le premier ne fonctionne plus.

L'un des attentats qui m'ont le plus marquée est celui d'Orlando, quelques mois plus tard. Bien qu'américain, bien qu'à plusieurs milliers de kilomètres de moi, ciblant la communauté LGBT, c'est celui qui ressemblait le plus à ce que j'avais vécu.

Je me réveille le matin du 13 juin 2016.

Un 13, encore une fois.

Il y a une avalanche de messages sur notre fil de discussion Facebook. Je le remonte et comprends peu à peu ce qui s'est passé.

Je vois Maureen répéter que ce n'est pas possible. Je lis les mots de Samuel, toujours réfléchis et emplis d'empathie. J'allume la télévision et découvre avec horreur les images du carnage de la veille...

Sur le moment j'essaie de garder la tête froide. Se dire que cette histoire n'est pas mon histoire, qu'il faut rester fort, que je dois me protéger, prendre du recul, mais au fur et à mesure que des informations me parviennent, je perds pied.

Peu après, au hasard de la lecture d'un énième article sur cet attentat, je découvre l'histoire d'Eddie Justice et de sa maman.

Eddie était dans la discothèque cette nuit-là. Il a échangé de nombreux SMS avec sa mère, caché dans les toilettes. L'article retranscrit leurs échanges.

Mina Justice raconte qu'elle est réveillée à 2 h 06 par un premier texto de son fils. « Maman, je t'aime. Ils tirent dans la boîte. » Mina tente d'appeler Eddie mais il ne décroche pas. « Je suis enfermé dans les toilettes, au Pulse, dans le centre-ville, appelle la police. Je vais mourir. » Mina compose le 911. « Je les appelle. Tu es toujours là-dedans ? » Réponse d'Eddie, à 2 h 39 : « Appelle-les, maman. Tout de suite. Il vient. Je vais mourir. » « Écris-moi, s'il te plaît », le supplie sa maman quelques minutes plus tard. « Non. Toujours dans les toilettes. Il nous tient. Il faut qu'ils viennent. »

Ce sera le dernier SMS que Mina recevra de son fils.

Je m'effondre.

Cette drôle d'histoire que je me suis construite depuis des mois. Cette histoire de quarante personnes prises au piège dans une loge, attendant sagement d'être délivrées, sans jamais avoir risqué de mourir. Cette histoire-là disparaît instantanément à la lecture de ce témoignage.

Je repense à ma mère, à ce qui s'est passé dans cette loge, à la peur qui me ronge de l'intérieur sans vouloir partir, au fait que j'ai réellement failli ne pas sortir vivante, perdre Alexandre, ne plus jamais revoir mes parents.

C'est beaucoup d'émotions d'un coup. Je lis mon histoire à travers celle d'un autre. Je réalise à travers lui. Nous sommes tous frères et sœurs face à cette horreur. Nos histoires se ressemblent, avec pour seule différence l'issue propre à chacun. Propre à un hasard bien radical.

Quelque temps plus tard, lors d'une promenade dans ma région natale, je raconte cette histoire à ma mère. Comme toujours, elle m'écoute. Les mots sortent de ma bouche mais je ne ressens aucune émotion. Je la sens pourtant enfouie tout au fond de moi. Tapie. À attendre que je sois prête ?

— Tu sais, ma puce, me dit doucement ma mère, le soir du 13, quand tu nous as appelés pour nous dire que tu étais sortie de la salle avec Alexandre, je n'ai jamais été aussi heureuse de ma vie. Et pourtant, dans la seconde qui a suivi, je me suis sentie envahie par une immense tristesse. Je n'ai pas pu m'empêcher de penser à tous ces parents qui ne recevraient jamais cet appel libérateur. Cependant je refuse de me laisser engluer dans cette noirceur. Je dois être là, et vivre pour toi, pour t'accompagner.

Ce jour-là, maman, mes yeux n'ont pas versé une larme. Mais j'ai réalisé un tout petit peu mieux ce que vous aviez traversé. J'ai réalisé que j'aurais pu ne jamais vous rappeler. Que, comme Eddie, notre dernier échange aurait pu être « appelle la police, il est juste là ».

Ma conscience a pris un peu de hauteur pour admettre que je n'étais pas seule à avoir vécu cette histoire. Qu'il y avait ceux qui l'avaient vécue de l'intérieur mais aussi ces milliers de gens pris au piège à l'extérieur, attendant impuissants.

Nous sommes ensemble désormais à vivre l'après. Une armée de vie qui doit apprendre à composer avec la mort.

Après plusieurs mois sans jamais oser les interroger sur la manière dont ils avaient vécu cette soirée, j'ai fini par demander à mes parents de me donner leur version de cette nuit-là. Ils m'ont raconté les heures d'attente interminables, rivés à leurs téléphones sans aucune nouvelle de ma part, à regarder défiler sur l'écran du téléviseur le nombre de morts en perpétuelle augmentation, sans savoir si dans ce chiffre terrifiant figurait leur propre fille. Mon père m'a avoué que, n'ayant plus aucun signe de moi depuis plus d'une heure, il avait fini par se résigner à l'idée que j'étais morte. À défaut de pouvoir me protéger, il s'était convaincu de l'importance de réfléchir à la plus belle façon de me rendre hommage après ma mort. C'était à ce moment-là, je pense, son seul moyen d'avoir prise sur quelque chose.

Cet enterrement imaginaire, il se le reproche encore aujourd'hui. Comme s'il m'avait abandonnée. Depuis tous ces mois, nous n'arrivons plus à nous toucher, à être proches. L'un de nous étant presque mort, l'autre presque orphelin de sa fille. Il allait nous falloir du temps et du courage pour nous offrir le droit de vivre à nouveau.

Mes chers parents, engluée dans ma douleur, j'en avais presque oublié la vôtre. Ce témoignage que vous m'avez offert, au-delà de partager nos démons, m'a donné la force et la raison de me battre aussi pour tous ceux qui, comme vous, sont des victimes dites « par ricochet ». Des victimes à qui l'on ne reconnaît pas la souffrance de l'attente, la violence de l'exposition à la mort de ceux qu'on aime.

Malgré la violence de notre histoire, je sais que ce qui compte désormais, c'est que je vous aime et que j'ai la chance d'avoir encore un peu de temps sur terre pour vivre cet amour que les terroristes ont voulu nous dérober. Il faudra du temps mais nous y parviendrons. Et je continuerai de me battre pour vous défendre de cette violence qui vous est faite, encore aujourd'hui.

Kiss the devil et l'avocat du diable

Cela fait six mois que je suis dans la tourmente de ma vie.

J'ai l'impression d'avancer un peu plus chaque jour. Et pourtant, il y a tant de choses qui ont changé, tant de retours en arrière impossibles. Chaque fois que je fais un pas en avant, l'actualité me projette deux pas en arrière.

Ce jour du 19 mai 2016 n'a pas dérogé à la règle.

Je suis en train d'envoyer ma fournée quotidienne de mails et SMS quand je reçois un message sur notre groupe de discussion. C'est Alexis, notre responsable de la communication. Il semble particulièrement énervé. J'affiche la discussion, et découvre l'objet de son énervement : Jesse Hughes, le chanteur des Eagles, a encore fait des siennes… Après les plates excuses de sa bourde précédente, il remet le couvert avec ses conneries.

J'ouvre le lien de l'article envoyé par Alexis, qui reprend les propos du chanteur : « J'ai eu beaucoup de problèmes après avoir dit que des membres du staff étaient complices [*NdA :* le soir du 13 novembre].

Mais je suis certain qu'ils [les terroristes] étaient là très tôt. Je me souviens d'eux en train de fixer mon pote. J'ai juste mis ça sur le compte de la jalousie des Arabes à notre égard. Tu vois ce que je veux dire ? Quand un musulman voit un Américain un peu arrogant et avec des tatouages, il le fixe. »

Cette bêtise crasse m'est définitivement intolérable, comme pour beaucoup d'autres membres de l'association. La nouvelle ne perd pas de temps à se répandre dans notre communauté et les gens recommencent à s'engueuler très fort. Toutes proportions gardées, j'ai l'impression de vivre une nouvelle affaire Dreyfus. La question devenant « pour ou contre Jesse Hughes » au lieu de « est-ce que, si j'apprécie sa musique, cela veut automatiquement dire que je cautionne ses propos ? ».

Au-delà de la polémique, le plus insupportable à mes yeux est de vouloir à ce point diviser et trouver des coupables là où il n'y en a pas d'autres que ceux que nous connaissons déjà tous, à savoir Daesh.

Alexis est très en colère. Il demande à ce que Life for Paris se positionne, rapidement, car il ne supporte plus ce type de propos. Je me fais l'avocate du diable en lui rappelant que ce n'est pas notre rôle d'entrer dans une polémique aussi stérile, mais lui accorde que nous devons communiquer.

J'appelle Jérôme, le patron du Bataclan, pour en discuter avec lui. J'ai confiance en son jugement et je sais qu'il est toujours très réfléchi sur ses positions. On est tous les deux d'accord sur le fait que ces propos, aussi dégueulasses soient-ils, sont surtout le symptôme d'un traumatisme non pris en charge pour le chanteur, qui semble être en pleine paranoïa. Jérôme me lâche quand même à demi-mots que cette fois-ci, Jesse est allé trop loin, malheureusement les excuses ne suffiront plus et le milieu musical français a décidé de soutenir le Bataclan en déprogrammant les Eagles of Death Metal de tous les festivals hexagonaux. Ce n'est pas lui qui en a fait la demande, mais cette solidarité, à un moment difficile pour lui et l'image de sa salle, lui fait du bien.

Je dis à Jérôme que nous allons soutenir cette décision, mais qu'il faut que nous arrivions à faire de cet incident l'occasion d'un rappel à l'ordre en faveur des victimes. Jérôme est d'accord. Lui et moi on se comprend toujours. On essaie toujours de penser aux individus avant de soigner l'image. Heureusement qu'il est là, avec moi, pour faire face à tout ça.

Je raccroche. Mon téléphone resonne. C'est un ami français de Jesse. Nous discutons longuement de l'affaire, quand il me coupe soudainement :

— Tu sais, Caro, j'ai beaucoup parlé avec Jesse, et il y a quand même quelque chose qui me dérange. Le soir du 13, pendant la première partie, il a vu à de nombreuse reprise un homme aux « traits arabes » entrer et sortir à plusieurs reprises du Bataclan. Il portait un imper crème et un sac à dos. Avoue que c'est tout de même étrange cette histoire…

Je réfléchis quelques secondes, essayant de faire le lien entre toutes les informations que j'engrange depuis des mois. Je connecte et finis par éclater de rire.

— Tu sais, j'en connais un très bien d'« Arabe » en imper crème et sac à dos. Il s'appelle Didi, il est responsable de la sécurité du Bataclan, et son boulot c'est justement d'entrer et sortir pour assurer la liaison avec les équipes intérieures et extérieures. Tu vois, entre ce que l'on pense voir et la vérité, il y a parfois un monde.

Mon interlocuteur marque une pause. Puis admet que cela paraît bien plus plausible que les propos de Jesse. Et qu'il comprend bien le souci face à cette nouvelle polémique. Je lui assure que Life for Paris ne tirera pas à boulets rouges sur le groupe, mais qu'il faut qu'il m'aide en retour en s'assurant que Jesse soit suivi par un psy.

Je raccroche. J'ai trouvé mon idée pour faire à nouveau de l'or avec du caca. Je saute sur mon clavier.

« Nous sommes six mois après le 13 novembre. Pour beaucoup de victimes, ce n'est encore que le début du chemin.

« Chaque jour, nous essayons de lutter contre la mauvaise prise en charge et le mauvais suivi des victimes. C'est déjà compliqué en France, mais cela s'avère encore plus difficile pour les victimes de nationalité étrangère.

« Nous venons d'apprendre les propos tenus par Jesse Hughes et souhaitons alerter les pouvoirs publics français et américains sur l'urgence de la prise en charge de ces victimes laissées à l'abandon depuis bien trop longtemps. Nous demandons plus que jamais aux différents pays concernés par le 13 novembre de faire preuve de coopération et d'intérêt à l'égard de l'aide aux victimes car c'est le problème de chacun.

« Les propos de Jesse Hughes, aussi durs et violents soient-ils, cachent une absence de soins et de prise en charge qui n'a que trop duré.

« La décision des festivals Rock en Seine et Cabaret Vert est une décision difficile mais humaine, tant par solidarité vis-à-vis du Bataclan que dans l'espoir que Jesse Hughes et l'ensemble du groupe des EODM puissent enfin souffler et prendre le temps nécessaire à leur réparation.

« Nous ne cautionnons rien, nous essayons juste de lutter contre l'isolement, le traumatisme et le sentiment de culpabilité commun à un grand nombre de victimes. L'équipe du Bataclan est victime des attentats. Le groupe EODM est victime des attentats. Nous sommes victimes des attentats. Nous avons besoin de calme, de mesure dans la médiatisation, de respect et de solidarité pour chacun d'entre nous. »

Cet épisode nous aura encore une fois entamés sérieusement, mais il nous faut rester solidaires. C'est là ma seule priorité.

J'avoue que ce message reçu dans la nuit qui a suivi la publication de mon post, envoyé par une amie qui m'est chère et qui a perdu son compagnon au Bataclan, m'a permis de comprendre ce qui clochait dans cette histoire : « Tu te rends compte ? Ça veut dire que l'amour de ma vie est mort en allant écouter un salopard raciste et conspirationniste… Il ne peut pas cracher sur la mémoire de nos proches de cette façon. Ça n'est pas respectueux. »

Non, ça ne l'est pas. Mais tout comme je ne partage pas toujours l'avis, les convictions politiques et religieuses de nos membres, je me dois en tant que responsable d'une association de victimes de m'assurer que chacune soit bien prise en charge, quelles que soient ses opinions. Life for Paris m'apprend la patience, la tolérance et l'ouverture d'esprit façon « méthode Assimil ». L'apprentissage se fait douloureusement, mais le combat en vaut définitivement la peine.

Feux d'artifice

Depuis toute petite j'adore les feux d'artifice. Chaque été, j'attends le 14 Juillet avec impatience. Les couleurs, la magie, leur effet fédérateur sur la population, la joie qu'ils provoquent ne laissent pas de m'émouvoir. Mon ancienne nounou est artificière, ceci explique sûrement cela.

Cet été 2016, comme le précédent, je vais donc en famille admirer les feux tirés par cette ancienne nounou, Sophie. Je sens Alexandre se crisper face à la foule qui afflue. Nous avançons dans une marée humaine et moi aussi le stress m'envahit peu à peu. Il fait nuit, on y voit mal dans cette foule qui bruisse. Seuls les éclairages d'une scène au loin où joue un orchestre crèvent l'obscurité de la nuit. Soudain tout s'éteint. 5… 4… 3… 2… 1… je serre la main d'Alexandre… 0.

Le ciel s'embrase, le silence se fait autour de nous, les couleurs explosent dans le ciel. C'est magnifique. On y est. On a réussi ! On est plus forts que la peur. Je regarde le ciel fixement, une larme de joie coule sur mon visage. Je suis là, je suis encore là, je me retourne vers mes parents qui sont là aussi. Eux dont on a failli me priver.

Et soudain une fusée blanche qui crépite. Mes doigts s'enfoncent dans la main d'Alexandre. Sans crier gare, le flash-back. Je revois le crépitement des kalachs, je sens cette odeur de poudre infâme pénétrer mes narines, s'infiltrer dans ma tête. Autour de moi les murs du Bataclan réapparaissent. Je regarde Alexandre, mes parents. Je m'en veux de les avoir attirés ici. De les avoir entraînés dans ce traquenard. On va mourir. On va mourir ensemble…

J'ai du mal à respirer, l'air n'entre plus dans mes poumons. Je vois qu'Alexandre ne va pas bien non plus. Ma mère essaie de m'aider mais cette fois encore elle ne peut rien y faire. C'est mon histoire, ma tête, mes souvenirs, mon cauchemar. Elle est avec moi et pourtant si loin. Mon père a le regard vide, il sent mon angoisse. Ils sont face à moi mais nous sommes comme figés au milieu de ce spectacle au sale goût de déjà-vu…

Je suis, littéralement, pétrifiée. Mon corps ne bouge plus. Seule ma tête est active. Elle cherche à analyser désespérément ce lieu inconnu pour y trouver une cachette, un chemin par lequel fuir. Deuxième salve.

La douleur que ce feu d'artifice nous inflige est intolérable. Et pourtant il nous est impossible de bouger. Rester jusqu'au bout pour ne pas avoir souffert pour rien. Essayer de gagner cette bataille un peu perdue d'avance contre nous-mêmes.

Le bouquet final nous délivre, avec le goût de la victoire de ceux qui sont allés au bout, et la fatigue de ceux qui se sont déjà un peu trop battus.

Je n'aimerai plus jamais les feux d'artifice. Le sentiment que les terroristes ont encore gagné une de ces sales petites victoires de l'après m'envahit. Parce que je ne sais plus qui je suis. Je ne sais plus ce que j'aime, et surtout je ne ressens plus rien à part la peur. La peur de ce grand vide qu'est devenue ma vie. La peur de cette soirée où tout a basculé au cours d'un simple concert de rock.

Le lendemain à la télévision, c'est la retransmission du défilé du 14 Juillet sur les Champs-Élysées. J'y ai envoyé Maureen représenter l'association. Elle semble heureuse d'aller là-bas, joliment habillée pour l'occasion. Et pourtant quelque chose cloche.

Depuis le matin je sens que quelque chose cloche. Je fixe l'écran dans l'angoisse que d'un seul coup tout bascule. Il va arriver quelque chose à Maureen, je n'aurais jamais dû l'envoyer là-bas.

Le défilé a des allures de libération de la France après la guerre. On y applaudit les héros de cette année difficile qui défilent dans leurs uniformes impeccables. Le défilé s'achève, il ne s'est rien passé, je respire un peu mieux et pourtant l'angoisse reste ancrée en moi.

Le soir, un peu butée, décidée à réapprendre à ma tête ce que j'aime, à ne plus subir de nouveaux goûts, ou plutôt dégoûts, je me réinstalle en famille devant la télévision qui retransmet cette fois les festivités à la tour Eiffel.

On regarde, un peu ailleurs. Je suis inquiète d'un attentat depuis le matin, comme chaque fois qu'il y a un gros événement public. Les images s'enchaînent, je ne ressens rien. Il y a une espèce d'hommage aux victimes du terrorisme de l'année 2015. Encore une fois je me sens comme spectatrice de ma propre vie, de mon histoire.

Quand démarre soudain une chanson de David Bowie. Chanson qui me déclenche une sensation de vide immense. Car Bowie fait partie des idoles qui ont toujours provoqué chez moi une joie intense, une fureur de vivre dès les premières notes de n'importe lequel de ses titres. Alors je pleure. J'attrape mon téléphone, j'écris un post où je parle de la peine ressentie. De la difficulté d'être en vie… sans imaginer que mes mots sont en train de résonner d'une tout autre manière.

Le feu d'artifice se termine, mes parents montent se coucher. Confortablement installés, Alexandre et moi zappons sur « Rendez-vous en terre inconnue », qui nous entraîne à la rencontre d'un peuple d'Afrique fabuleux, pour lequel la sagesse tirée de la violence de la vie est la plus précieuse des richesses. Sur le bord de la cheminée, mon téléphone vibre une fois. Il est presque minuit, jusque-là rien d'inquiétant. Puis une deuxième fois, et une troisième, une quatrième… Il ne s'arrête plus de vibrer.

À cet instant précis, l'inquiétude qui me ronge depuis le matin me submerge. Je me lève, j'attrape le portable. Message de Serge. « Ça vient de péter à Nice. » Le sol se dérobe sous mes pieds. Je me tourne vers Alexandre.

— Ça y est, ça recommence…

Nous zappons sur les chaînes d'info en continu, et découvrons en direct le massacre. Mes parents nous rejoignent, mon père a reçu une alerte sur sa tablette. Il s'assied. Il me regarde. Je le sens débordé d'émotion. Son regard vide, sa voix blanche, et tout repart en arrière.

— C'est comme le 13. Je suis dans le même fauteuil, devant la même télé, tout recommence.

Mon cerveau se connecte d'un coup. Mon oncle, le frère de mon père, et sa femme habitent à Nice.

— Appelle-le, papa.

Il est paralysé par la trouille d'une nouvelle irréversible. J'envoie un message. Deux messages. Pas de réponse. J'appelle. J'appelle encore. Mon oncle finit par décrocher.

— On a tout vu… on y était. On a couru, on est vivants, on n'est pas blessés. On a eu tellement peur. Mais toi ? Comment vas-tu ? Ça a dû tout remuer pour toi.

Je suis debout, abasourdie par sa question. Car cette fois ce n'est pas mon histoire, c'est la sienne. Je réalise combien l'état de dissociation que provoquent de tels événements donne lieu à des questions vides de sens, à des choses incompréhensibles pour qui ne les a pas vécues soi-même. Je rassure mon oncle, le supplie de bien se faire prendre en charge et lui demande de me tenir au courant. Il ne le fera jamais.

Ce soir-là, je me suis retrouvée de l'autre côté. À comprendre un peu mieux ce que mes parents avaient vécu le 13. À éprouver combien on est démuni face à tout ça, quand on est loin, impuissant à protéger ceux qu'on aime.

À m'en vouloir encore un peu plus de leur avoir infligé ça.

Mes colocataires

Je suis partie au bord de la mer pendant un mois. Loin du tumulte parisien, loin des réunions ministérielles, loin de tout.

Il le fallait, mon corps était en train de lâcher. Il faut dire que ce pauvre petit corps, je ne sais plus comment en prendre soin. Je l'ai abandonné. On s'inquiète de nos pauvres têtes, et encore, mais les corps non blessés de façon visible ne préoccupent personne. Nous sommes des blessés psychiques à qui l'on refuse le dommage physique, nous sommes le produit d'un pays qui, historiquement, a pour Dieu un homme cloué sur une croix, qui saigne, qui souffre, et que l'on aime pour ça. Un pays où seules les blessures physiques visibles sont reconnues, un pays pragmatique où l'on ne croit que ce que l'on voit.

Nos héros sont ceux qui ont payé le lourd tribut d'une marque dans leur chair. Les autres sont juste des témoins choqués qui s'écoutent un peu trop, dont la souffrance invisible, l'intégrité physique apparente sont une offense à cette pourtant presque mort.

Depuis près de deux ans maintenant, Darry, Bernard et Jean m'accompagnent au quotidien. Ils sont devenus mes stigmates, mes amis imaginaires, la parole imposée à mon esprit par le biais de mon corps.

Darry, c'est mon bégaiement, apparu soudainement depuis les attentats, et qui me rend visite à chaque épisode compliqué de « l'après ». J'ai décidé de l'appeler Darry après que mes amis, dans une tentative désespérée de rire de tout, m'ont fait remarquer combien je ressemblais alors à Darry Cowl.

Darry m'épuise, me handicape énormément car il survient sans prévenir, me bloquant la mâchoire. Moi qui ai besoin de beaucoup parler, d'exprimer, il m'oblige à me murer dans le silence. Il me retire la seule chose qui m'aide au quotidien, comme pour jouer avec mes nerfs. Darry me fait mal. Il m'abîme les muscles à forcer comme un cheval sur son mors pour arriver à sortir un morceau de phrase intelligible. Les gens à qui je parle dans ces moments de crise me regardent avec un mélange de pitié et d'exaspération, comme pour me dire « ma pauvre, arrête un peu ton cinéma ».

Darry est spécialisé en anatomie, il aurait pu devenir kiné. Grâce à lui, je découvre avec stupéfaction qu'un nombre incalculable de muscles composent ma bouche. Mes muscles s'expriment dans la douleur, mais eux au moins peuvent s'exprimer.

La veille de ma première rencontre officielle avec la secrétaire d'État, je suis frappée par une attaque-surprise de Darry, qui laissera à Serge et Arthur, qui m'accompagnent ce jour-là, un souvenir mémorable.

Après deux heures d'un rendez-vous épuisant à tenter de me faire entendre tant au sens propre qu'au sens figuré, je ressors les maxillaires endoloris, la bouche sèche, la gorge anesthésiée par la douleur. Arthur me glisse, dans un clin d'œil, « même bégayante, on n'a pas pu en placer une ». Merci, Arthur, pour ce trait d'humour. Je n'avais pas le choix. Les combats de valeur n'attendent pas le bon vouloir des muscles buccaux, ce bon roi d'Angleterre en a su quelque chose.

Ma colocation avec Darry est encore aujourd'hui régulière. Je m'y suis habituée. Je ne le déteste pas, il fait partie de moi. Il est la balle symbolique qui me hante, ce souvenir permanent qui se rappelle à moi, cette blessure invisible qui s'exprime. J'ai presque appris à l'aimer, comme une souris qui vit dans les murs, dans un bordel insupportable, mais à laquelle on s'habitue et qui finit par nous tenir compagnie.

Bernard, lui, est plus compliqué à vivre. Bernard est arrivé dans ma vie le soir même du 13. Au moment de l'assaut de la BRI, lorsque le terroriste s'est fait exploser derrière notre porte, j'ai été prise d'une douleur intense dans le ventre. Comme si je venais d'avaler toute la violence du choc en un seul bloc. Cette douleur, depuis, m'habite en permanence. Elle s'est propagée doucement dans mon estomac, mes intestins, elle a creusé dans mon corps pour y faire son nid. L'impression d'avoir mangé un éléphant qui ne veut pas passer.

Le 14 novembre, souffrant de maux de ventre très intenses, j'ai réalisé que je perdais énormément de sang par une issue dont ce n'est pas la fonction première. Le coupable, c'était Jean. Jean était mal en point, il me volait mon sang pour évacuer celui que j'avais touché, emporté ce soir-là sous mes pieds, collé à mes semelles.

Ce que j'appelle désormais Jean, c'est mon œsophage et mon sphincter, rebaptisé pour l'occasion du prénom de Jean, parce que, pardonnez-moi l'expression, j'en ai plein le cul. Je souffre de plusieurs symptômes et problèmes liés à la fois à ce que j'ai vécu là-bas et à tout le stress qui me pollue depuis.

Jean est avec moi depuis des mois. C'est mon troisième locataire. Tous les deux on ne se quitte plus. Il m'appelle le matin au réveil, le midi, le soir, constamment. Il est assez chiant, c'est le cas de le dire, car il n'aime rien. Moi qui adore les épices et le poivre, il m'interdit désormais d'en manger, sans quoi il me pique une colère, sans quoi il voit rouge, très très rouge.

L'ennui avec un colocataire comme Jean, c'est que certains professionnels, l'opinion publique, les institutions médicales connaissent mal ce problème. On nous explique que posséder un Jean, c'est dans notre tête. Que ces symptômes n'existent que parce que l'on s'écoute, que ce sont des passagers « psychosomatiques ». « Psychosomatique » veut dire « troubles physiques occasionnés ou aggravés par des facteurs psychiques ». C'est la définition qu'en donne le dictionnaire. Mais dans la tête des gens, ça signifie plutôt des troubles que les patients s'inventent pour se faire plaindre, qu'on s'occupe d'eux. Je n'ai jamais eu besoin de Jean pour qu'on s'occupe de moi, et je me passerais bien de sa présence pour être honnête, mais on ne fait pas toujours ce que l'on veut, comme dit ma mère.

Donc voilà, Jean, Bernard et Darry cohabitent, comme des enfants mal élevés, essayant d'attirer l'attention sur eux en permanence, d'en être le centre. Ils passent avant mes envies, mes rêves, mes nuits, mes repas, mes rencontres. Ils me vampirisent, me grignotent gentiment de l'intérieur.

Ils sont devenus ce combat contre moi-même pour souffrir un peu moins. Ce combat pour faire reconnaître les conséquences des blessures dites psychiques comme de vraies blessures physiques que je mène avec l'association depuis des mois. Ce combat pour faire entendre à tous que les victimes non blessées le 13 ne sont pas des victimes de seconde zone, mais bien des êtres humains meurtris dans leur tête mais aussi dans leur chair.

Alors, le 19 septembre 2016, lors de l'hommage national rendu aux victimes de terrorisme par François Hollande, lorsque j'ai entendu à la radio le président reprendre mes mots exacts sur ce combat dont je lui avais fait part deux jours plus tôt, je l'ai vécu comme une petite victoire pour ceux qui souffrent et dont je fais partie. En entendant annoncer solennellement la reconnaissance des blessures psychiques comme des blessures physiques, et que ce serait désormais une priorité du gouvernement, j'ai poussé un grand soupir de soulagement, j'ai souri, j'ai pleuré. En quelques mots, nous, toutes ces personnes cabossées pour avoir été « au mauvais endroit au mauvais moment », devenions d'un seul coup légitimes et réelles aux yeux de tous. Nous n'avons pas gagné la guerre encore, certes, mais déjà une petite bataille au pays des invisibles.

Après les attentats du 14 Juillet à Nice, nous avons également obtenu l'allongement de la prise en charge à 100 % par la Sécurité sociale pour l'ensemble des victimes de terrorisme. Nous sommes passés d'un à deux ans, ce qui est peu si l'on considère l'impact de l'événement sur nos vies, mais encore une fois, pierre après pierre, nous avançons. Petite victoire pour un grand combat. Je ne lâcherai pas, je ne dois pas lâcher.

Darry, Bernard et Jean, aussi importuns soient-ils, me portent. Ils me rappellent en permanence combien ce combat est important, et combien il est juste. À eux sont venus s'ajouter mon œil gauche qui ne voit plus à cause d'un œdème provoqué par le choc de l'explosion et diagnostiqué tardivement ; et des problèmes de thyroïde. Je regarde mon corps qui part en lambeaux – conséquence du syndrome de stress post-traumatique – mais je ne lâche pas. Cette blessure invisible est pourtant bien réelle. Mon corps, comme celui de beaucoup d'entre nous, n'en finit pas de résonner du stress intense subi le soir du 13 novembre. Ce que l'on appelle « état de stress post-traumatique » (ESPT) se traduit par le développement de symptômes spécifiques à la suite de l'exposition à un événement traumatique dans une situation de mort, de menace de mort, de blessures graves ou d'agression sexuelle. Ces symptômes peuvent aller des reviviscences (souvenirs, cauchemars, flash-backs, etc.), aux conduites d'évitement (évitement des souvenirs, des lieux, des personnes, des activités, etc.), en passant par des altérations cognitives et émotionnelles (pertes de mémoire, croyances négatives, émotions négatives...) ou encore l'hyper-activation du système nerveux (hyper-vigilance, troubles de la concentration, troubles du sommeil...). Le véritable danger de l'ESPT est qu'il passe d'un état aigu (où les symptômes durent moins de trois mois) à un état chronique (où les symptômes persistent dans le long terme). En se synchronisant, les symptômes plongent le corps dans un état de stress permanent pouvant entraîner des prises de poids importantes (entraînant elles-mêmes du diabète, du cholestérol, de l'hypertension, etc.), des risques cardiaques liés à un cœur sur-sollicité par le stress, des troubles de l'appareil digestif (maux de ventre, diarrhées sanglantes, maladie de Crohn...) ou encore une baisse significative du système immunitaire entraînant des infections et maladies régulières, voire l'apparition de maladies du sang, de la moelle osseuse ou d'une sclérose en plaques.

Conséquence de ce syndrome post-traumatique, malheureusement, d'autres copains de l'association souffrent de locataires bien plus fourbes que les miens. En un an, cinq d'entre eux ont péri des suites d'une cohabitation impossible avec leurs propres locataires : crise cardiaque, suicide pour dépression aggravée... tant de maux qui expriment ces mots qui nous manquent, qui nous font violemment défaut, ces mots qu'on ne prononce pas car on ne veut pas donner à l'horreur le droit de recommencer mais qui laissent, par leur absence, la souffrance prendre une place gigantesque dans nos vies.

Nombreux sont les gens qui nous rappellent sans cesse notre chance de ne pas avoir été blessés physiquement. À chacun je réponds que la souffrance est invisible, tout comme le handicap qu'elle entraîne, et que si je vis encore aujourd'hui, c'est sous conditions.

Cette énorme épée de Damoclès est là, suspendue, attendant le moment de tomber sur la tête de ceux dont l'espérance de vie a brutalement chuté en une nuit. Nous vivons à crédit, suppliant du plus fort de notre âme de ne pas rejoindre ceux qui allongent la longue liste des victimes du 13 novembre depuis deux ans.

Cette aventure impossible, c'est la mienne, c'est la nôtre. Nous avons tous salement vieilli et je guette la mort chaque jour, qu'elle survienne sous la forme d'une attaque terroriste, cardiaque, vasculaire ou je ne sais trop quoi.

Darry, Bernard et Jean sont les témoins silencieux de notre condition de mortels à jamais fragilisés. Eux qui me gardent les yeux ouverts des nuits entières à questionner ma vie pour mieux comprendre ma presque mort, ma survie, cet étrange sursis.

Une partie de moi

Le soir du 13 novembre, comme les jours qui ont suivi, j'étais obnubilée par une chose, je l'ai dit : retrouver la veste que j'avais laissée là-bas. J'ai passé un an à la chercher. Une année entière, à essayer de la racheter en me trompant de modèle à chaque fois. Le message était clair : c'était ma veste à moi, avec mon odeur collée dessus que je devais retrouver. Elle était devenue une sorte d'image de moi-même, cette fameuse partie de moi qu'on m'avait volée ce soir-là et que je cherchais désespérément à retrouver depuis.

Au terme de quasiment un an de recherches infructueuses, où la cellule du 36, quai des Orfèvres en charge des objets trouvés sur les sites me répétait sans cesse que ma veste avait dû être détruite car sans doute « pleine de sang », j'ai fini par laisser tomber.

Un matin d'octobre 2016, je reçois un message d'une copine anglaise. Elle a reçu un appel du 36 lui annonçant que son téléphone avait été retrouvé et qu'elle pouvait venir le chercher. Mon amie m'explique qu'elle ne veut pas le récupérer, elle sait dans quoi il est tombé le soir du 13 et elle souhaite donc qu'il soit détruit. Seul problème, elle ne parle pas français, et le policier du 36 en charge de son dossier ne parle pas anglais. Elle a besoin de moi comme traducteur.

J'appelle le numéro qu'elle me donne où je tombe sur un brigadier très gentil. Il me demande de me porter garante de mon amie, et de signer pour elle la demande de destruction de biens, rédigée en français. Je m'exécute et lui renvoie les documents scannés. Le téléphone est désormais hors d'état de nuire. Je m'apprête à raccrocher quand le brigadier m'interpelle. Il m'explique qu'il leur reste encore énormément d'objets récupérés sur les sites des attaques, et qu'ils ne savent pas comment retrouver leurs propriétaires. Je lui demande si à tout hasard il n'y aurait pas une veste noire dans ces objets. On m'a déjà affirmé à plusieurs reprises qu'elle a été détruite, mais j'ai un doute… Je lui donne tous les éléments de description, il me promet de se renseigner et de me tenir au courant.

Il me rappelle le lendemain. Pour me confirmer que ma veste a bien été détruite, mais non… il l'a retrouvée ! Elle était mal répertoriée, le fonctionnaire ayant procédé à l'inventaire avait mal orthographié le nom de la marque, erreur à cause de laquelle personne n'avait mis la main dessus jusque-là.

Je ne peux décrire la vague de joie et d'émotion mêlées qui me submerge à cette nouvelle.

Rendez-vous est pris pour venir récupérer mon précieux vêtement.

Le jour dit, je me rends au 36, quai des Orfèvres.

Ce retour, là où j'avais déposé ma plainte me fait instantanément repartir en arrière. Je suis mal à l'aise mais la perspective de revoir ma veste me donne le courage de pénétrer dans le vieux bâtiment.

Portail de sécurité, vérification de mon identité, plusieurs sas de portes blindées. J'arrive enfin au service où je suis attendue. La petite pièce que le brigadier partage avec un autre collègue est remplie du sol au plafond d'un bazar innommable. Il y a sur les murs des centaines de photos, des écussons ; des piles de classeurs et des cartons s'empilent dans les moindres recoins de la pièce. L'un d'eux est posé juste devant moi. Une inscription au feutre noir donne quelques indications sur son contenu.

« Épouse Sami Amimour »

Mon sang se glace. Je décide de m'en sortir par un trait d'humour.

— Sympa la déco chez vous…

— Pardon ?

Le brigadier suit mon regard et se retrouve nez à nez avec le carton.

— Vous savez, on essaie de ne plus y faire attention, me glisse-t-il dans un soupir. C'est rude pour nous aussi. Des mois qu'on baigne dans cet enfer.

Il se lève et revient avec une pochette scellée. Dans laquelle il y a ma veste, juste devant moi. Enfin.

J'ouvre la pochette. Je touche le tissu que je cherche la nuit dans mon sommeil. Mais quelque chose ne va pas. C'est comme un retour en arrière dans l'horreur. Je retourne ma veste dans tous les sens pour comprendre d'où vient cette gêne, quand je réalise soudain que ce sont mes narines qui s'affolent. L'odeur du sang et de la poudre. Cette odeur si particulière qui me hante est là, à nouveau. Elle se glisse sous ma peau sournoisement pour remonter jusqu'à mon cerveau, aussitôt en alerte.

— C'est dur l'odeur, hein ?

Je lève les yeux vers le policier. Je le regarde hébétée, je n'ai pas compris sa phrase.

— Cette odeur. C'est dur, n'est-ce pas ?

— Oui… Ça sent…

— La mort. C'est l'odeur de la mort.

Je baisse les yeux sur ma veste. C'est fou comme une chose à laquelle on s'accroche peut vous faire autant de mal que de bien.

Oui, c'est bien l'odeur de la mort qui a imprégné mon vêtement. Tout comme ma tête.

— C'est infernal, cette odeur. On est dedans depuis des mois. Il nous reste beaucoup d'affaires et j'aimerais qu'on puisse les rendre à chacun pour ne plus la sentir. On ne s'y habitue jamais…

Je regarde le policier dans les yeux. Je sens monter les larmes. J'ai envie de le serrer dans mes bras. De le toucher. De sentir la chaleur de la vie quelque part sous mes doigts. Mais je reste assise. Médusée. Amorphe et incapable de me sortir de ma torpeur.

J'essaie de relancer la conversation, avec beaucoup de difficulté. J'observe cet homme qui se tient devant moi. Son regard est las. Il fait un peu plus que son âge. Il a quelque chose d'un soldat qui a vécu la guerre. On n'est pas si différents, finalement, lui et moi.

— Vous voulez bien m'aider ? me dit-il.

Il répète qu'il aimerait rendre les affaires de chacun, mais il ne s'en sort pas tout seul. Il a demandé à sa hiérarchie s'il pouvait s'adresser aux associations de victimes. Il m'explique comment nous allons pouvoir procéder. Je récupère ce jour-là, sur une clé USB, un fichier contenant plus de sept cents photos d'objets. À nous désormais de recouper les recherches de nos membres avec les photos à notre disposition. Je lui précise que nous n'avons que sept cent cinquante personnes chez nous, il y a une autre association notamment, il doit les contacter.

— Je l'ai déjà fait. Quelqu'un est venu récupérer ses affaires ainsi que le fichier, mais je n'ai reçu personne depuis. Je l'ai rappelé mais il m'a dit qu'il ne souhaitait pas s'en charger.

— Alors je vais le faire pour eux. Ne vous inquiétez pas. Retrouver ma veste a été vital pour moi. Je sais combien c'est important. Je le ferai pour les victimes. Et pour vous aider. Je vous dois bien ça.

Le brigadier me sourit, se lève et me raccompagne à la porte. Je le remercie à nouveau. Dans la paume de ma main, je serre la clé USB de toutes mes forces. J'ai une mission de la plus haute importance.

De retour à la maison, j'ai épluché le fichier. Un moment douloureux que de se confronter à tous ces petits riens qui constituent nos vies. Une carte de fidélité. Des clés. Un téléphone. Un Labello. Un casque. Un vieil iPod. Une carte Vitale. Nous sommes de grands riens emplis de petits touts.

Mes yeux balaient l'écran, quand un pass Navigo attire mon regard. Je regarde de plus près. Je connais ce visage, mon cerveau s'en souvient au milieu d'un brouillard épais. Il n'y a pas de nom. Juste une photo.

Je recoupe avec Facebook. Il s'agit bien de la personne à laquelle je pense. Il est 23 h 45. Je saisis mon téléphone en tremblant. Je compose le numéro. Ça sonne. Une fois. Deux fois. On décroche.

— Désolée de t'ennuyer si tard. J'étais au 36 ce matin, on m'y a donné le fichier des objets récupérés là-bas. Je viens de retrouver ses affaires…

Mon ami marque une pause. Ces affaires, ce sont celles de la femme qu'il aime et qu'il a perdue.

— Oh putain. Mais comment ?… Tu es sûre ?

— Oui, je suis sûre. Tu peux prévenir ses parents ?

Je raccroche. Je reste un moment suspendue, mon téléphone dans la main, entourée par l'obscurité de la pièce dont la seule lumière provient de l'écran de l'ordinateur.

Le lendemain, je contacte la famille. J'ai la boule au ventre. C'est une des choses les plus difficiles que j'ai eues à faire de ma vie. Le père me remercie et raccroche.

Je sais que ça peut vous paraître dérisoire. Et pourtant. Compléter les pièces de ce puzzle que sont devenues nos vies nous est désormais essentiel.

Un ami a pris le relais sur ce dossier. Il est policier, et il a, je crois, senti que je n'arrivais pas à prendre le recul nécessaire pour ne pas me faire mal. Grâce à lui, de nombreuses personnes ont pu retrouver ces petits morceaux d'eux si importants.

J'ai revu le brigadier du 36 quelques mois plus tard, il m'a raconté combien mon ami policier avait fait un beau travail. Combien les réactions des gens, au retour de leurs effets personnels, pouvaient être différentes tout en restant très chargées émotionnellement.

— Certains ont fondu en larmes, d'autres éclaté de joie. D'autres encore sont restés médusés. Comme cette jeune femme courageuse que j'ai rencontrée. Et qui m'a aidé. Si un jour vous pouvez encore me rendre un service, faites savoir que les policiers ont besoin d'aide. Que c'est dur pour nous et qu'on n'a aucun soutien psychologique pour faire face à tout ça. On est des durs mais tout ça, c'est trop. Je sais que vous comprenez. Dites-leur, afin qu'ils sachent.

En l'écoutant, j'ai pris conscience que nous n'étions pas seuls. Il n'y avait pas que les familles et les victimes qui souffraient. Il y avait également tous ces professionnels dont le métier n'a jamais été de faire face seuls à la laideur du monde.

Ce combat, je le porte depuis cette rencontre. Pour le brigadier du 36, pour cette policière intervenue à La Belle Équipe et que j'aime tant, pour ses confrères qui nous ont rejoints depuis, pour cette jeune femme dont c'était le premier jour à l'Institut médico-légal. Pour tous ces hommes et ces femmes qui chaque jour dépassent leur peur afin de nous protéger. Je ne lâcherai pas.

Car si la mort ne me fait plus autant peur qu'avant, la souffrance, elle, m'est devenue insupportable.

Drôle d'anniversaire

Nous avons commencé à nous poser la question de la première date « anniversaire » dès le mois d'avril. Rien que ce mot, « anniversaire », me donnait des frissons dans le dos. Qu'y avait-il à fêter ce jour-là ? La barbarie ? La mort ? Le manque de ceux qui nous avaient quittés ? L'innocence et la joie qui avaient disparu de notre nouvelle vie ?

Un matin, je bois un café avec une membre de l'association, Florence. Elle travaillait avant dans l'événementiel. Nous nous interrogeons sur la manière de mettre un peu de poésie dans cette journée, elle me propose un lâcher de ballons. J'avoue que sur le moment je ne vois pas bien le rapport avec le 13 novembre. Alors elle précise : remplir le ciel de taches de couleur, laisser s'envoler un peu de la tristesse vers le ciel.

Et là, je comprends. Je comprends ce qu'elle veut dire, je comprends que cette idée est magnifique mais surtout quelle est l'importance de cette journée : s'approprier « l'événement », le rendre beau, le partager, le faire vibrer d'humanité, pour effacer un peu de cette crasse qu'on nous a imposée un an plus tôt.

Et puis de la musique. Faire résonner des notes de musique pour couvrir le bruit des balles.

On tient notre idée.

Après validation auprès du conseil d'administration de Life for Paris, nous lançons un sondage sur la chanson qui représente le mieux aux yeux de nos membres un hommage aux morts et une autre pour l'hommage aux vivants.

Les gens répondent massivement, l'idée prend. Nous sommes sur la bonne voie.

Un rendez-vous est fixé avec la mairie du XIe, notre partenaire historique, pour leur exposer le projet. L'équipe est à l'écoute. Elle nous encourage, s'engage à nous soutenir du début à la fin.

Nous sommes en juin, question timing, on est larges.

J'essaie de contacter un pianiste ambulant, l'un des symboles du 13 novembre, qui était venu jouer devant les terrasses et le Bataclan au lendemain des attentats et que j'avais vu à la télévision. Après une longue recherche infructueuse, je finis par retrouver sa trace. Je lui envoie un message via sa page Facebook. Il n'est pas français. Mon niveau d'anglais a beau avoir sensiblement évolué depuis quelques mois, je veux être comprise le mieux possible. J'utilise donc mon précieux outil magique : Google traduction.

Message envoyé.

Contente de moi, je me relis pour constater à quel point je suis géniale, mon message émouvant, lorsque je tombe sur un mot étrange. Je relis. « *Five yards* ». Mais qu'est-ce que j'ai voulu dire ? Je regarde plus précisément la phrase dans laquelle ce mot apparaît. Et là, je comprends. Le mot « Bataclan » a été traduit par « five yards ». Je ne connais pas ce mot. Je regarde sur Internet et là j'apprends, l'air de rien, que j'ai écrit à ce gentil pianiste inconnu que j'ai été « victim of the five yards », autrement dit, « victime des cinq bites » en bon argot anglais.

Laisser un souvenir impérissable aux gens, coûte que coûte, voilà mon credo…

Autant dire que je suis plutôt embarrassée d'avoir envoyé ce message. J'en renvoie donc un nouveau en tentant tant bien que mal de rattraper le premier. Nous n'avons jamais évoqué ce quiproquo avec le pianiste, mais j'imagine sa surprise à la lecture de mon premier message… Il nous contactera quelques jours plus tard pour décliner l'invitation. Il va nous falloir trouver un plan B.

Nous enchaînons les rendez-vous préparatoires. Ceux avec la mairie de Paris ne sont pas toujours faciles, ils ont une réelle volonté de faire quelque chose mais ils ne mesurent pas ce que traversent les victimes et les familles endeuillées.

On essaie d'être le plus pédagogues possible mais ce n'est pas simple. On retravaille avec eux le texte des plaques d'hommage dont la première mouture qui nous a été envoyée nous a fait tomber de nos chaises avec Serge. Ne pas utiliser les mots « barbarie », « sanglante » et « aveugle » nous semble l'évidence.

C'est aux victimes que l'on rend hommage, pas aux terroristes. On travaille également à veiller à ce que personne ne soit oublié, que chaque victime, quel que soit son degré de « blessure », soit bien invitée et prise en charge pour se rendre à l'hommage. On nous certifie que oui, il n'y aura aucun problème.

Mais l'organisation de notre propre événement, en marge de l'officiel, dérange quelque peu, et nous repoussons à plusieurs reprises l'horaire à la demande de la mairie. Je commence à m'inquiéter car je sais que je vais devoir courir entre le Bataclan, où se termine l'hommage organisé par la mairie de Paris, et la mairie du XIe où se déroule notre événement, l'un finissant à l'heure où l'autre est censé démarrer.

Je m'en ouvre à l'une des responsables du cabinet de la maire, Anne Hidalgo, qui me rétorque sèchement :

— Enfin, Caroline, arrêtez de stresser, vous aurez largement le temps de courir entre le Bataclan et la mairie du XIe pour être à l'heure à votre cérémonie !

Mon sang ne fait qu'un tour. Je m'efforce depuis des mois de garder mon calme, mais là, la coupe déborde.

— Mais quelle excellente nouvelle ! Ça me rappellera ce formidable trajet que j'ai déjà effectué le 13 novembre 2015 !

Un blanc.

La femme me regarde, médusée.

— Oh pardon, Caroline… C'est vrai, vous y étiez…

Ma responsabilité de présidente d'association semble totalement occulter aux yeux des gens le fait que j'y étais moi-même. Ce n'est pas parce qu'on fait le choix de se tenir debout et de se battre qu'on ne souffre pas… Je ne sais plus comment leur expliquer.

Un arrangement semble trouvé pour que tout se déroule le plus simplement pour toutes les personnes qui auront à faire le chemin ce jour-là, comme moi, afin d'assister aux deux événements.

Quelques jours avant la date anniversaire, nous sommes convoqués à la préfecture de police afin de valider la sécurisation de notre cérémonie. L'équipe de la mairie du XIe nous accompagne, fidèle depuis le début.

Au moment d'aborder le sujet de la sécurisation pour le lâcher de ballons, un des représentants de la préfecture s'agace :

— Vous êtes au courant que nous sommes sur-sollicités par l'événement officiel ? Alors votre vague lâcher de ballons, sincèrement, ça n'est vraiment pas notre priorité !

Voilà, c'est dit. Il est plus important d'assurer le bon déroulement de ce qui est politique que de ce qui est populaire. On sait à quoi s'en tenir, mais je ne m'avoue pas vaincue.

Je rentre à la maison. J'essaie de me détendre. Samedi, c'est le mariage de Sébastien et sa compagne. Des copains du 13 qui ont décidé de prendre leur revanche sur 2015. J'ai promis à Sébastien de ne pas ouvrir mon portable pendant le week-end, mais le sort en a décidé autrement.

Le vendredi précédant le mariage, nouvelle réunion avec l'équipe de la mairie de Paris.

Ils nous montrent le texte final qui apparaîtra sur les plaques. Les modifications demandées ont bien été prises en compte. Je pousse un soupir de soulagement. Une des représentantes de la mairie – la même contre laquelle je me suis un peu énervée la semaine précédente – nous explique que tout est réglé pour les déplacements des victimes et leur prise en charge hôtelière. D'un naturel méfiant, je demande si *toutes* les victimes auront bien le même traitement. On m'assure que oui. Je reprécise ma pensée : qui considérez-vous comme « victimes » ? les familles des victimes décédées ? les blessés physiques ? les blessés psy ? Je réexplique qu'il est primordial de ne pas faire de distinction ce jour-là, pour ne pas rajouter de la violence à la violence. Les gens sont déjà suffisamment à cran comme ça.

On me certifie que tout le monde sera bien pris en charge, et que l'ouverture de la plateforme sous-traitante aura lieu dès le lendemain, à 8 h 30, afin que ceux qui veulent venir puissent s'inscrire.

J'ai un pressentiment, donc j'insiste.

— Est-il possible de faire un essai pour s'assurer que la prise en charge concerne bien tout le monde ? Nous pourrions par exemple essayer avec mon dossier, puisque je ne suis « que » survivante.

Malaise.

On me promet de faire l'essai avec mon nom et de revenir vers moi.

Le lendemain, je suis au mariage de mes amis quand les messages commencent à pleuvoir.

— Caro, on a essayé de s'inscrire sur la plateforme, mais on nous refuse la prise en charge car on ne fait pas partie des victimes...

Venant de quelqu'un qui a passé deux heures dans la fosse du Bataclan, autant vous dire que ça me fait mal. J'appelle la personne de la mairie de Paris illico.

— Vous ne m'avez pas fait de retour et je comprends pourquoi. Alors vous allez avoir la gentillesse de me donner le mail de quelqu'un chez vous pour que je lui transfère la centaine de message que je suis en train de recevoir parce que vous avez menti, vous avez fait une distinction entre les victimes !

— Si les gens ont un souci, ils peuvent contacter le support de la plateforme. Je ne vous donnerai pas de mail, il faut voir ça avec eux.

— Mais les ordres viennent de chez vous ! C'est à vous de régler ça ! Croyez-moi, si vous laissez quiconque de côté, je vais vraiment me mettre en colère ! Donc merci de changer les règles que vous avez établies et sur lesquelles vous nous avez menti.

On me répète de voir avec la plateforme et puis c'est tout.

Je raccroche, folle de rage. Moi qui passe mon temps à prôner l'apaisement, là, c'en est trop. Personnellement, je m'en moque. J'habite Paris donc je ne suis, en soi, pas concernée, mais pour tous les autres, bon sang ! C'est pas possible.

Je commence à pianoter sur mon téléphone. Il faut qu'on trouve une solution, et vite. On n'a même pas une semaine…

Sébastien s'approche de moi dans mon dos.

— C'est comme ça que tu décroches ? Bien… Très bien… Tu progresses !

— Désolée, Séb, j'ai une sale merde qui vient de me tomber dessus… J'envoie juste un message et je règle le reste demain, promis.

J'envoie mon message.

Un copain me fait signe que c'est le moment. Je cours rejoindre les autres en glissant mon téléphone dans ma poche. On est toute une bande du 13 sur la petite scène où plusieurs amis des mariés sont déjà intervenus. On sort nos portables, paroles sous les yeux, et on entame en chœur, *a capella*, « I Love You All the Time » des Eagles of Death Metal.

Face à nous, les mariés ont les larmes aux yeux. Les paroles résonnent pour nous tous ici, ils savent pourquoi. C'est devenu l'hymne de notre nouvelle famille.

— « Je ne suis jamais seul, je regarde mon téléphone. »

Clin d'œil à Sébastien, qui sourit.

— « Un sourire aux lèvres, pas de raison de pleurer. Je t'aime tout le temps. »

Sandrine pleure. Sébastien aussi.

Cette chanson, c'est la dernière chantée il y a un an, juste avant le drame. C'est notre hymne à la vie, notre hymne à l'amour.

Ce mariage, en plein milieu des préparatifs des commémorations, au beau milieu d'un mois dans lequel je ne trouvais pas une minute pour respirer, a été la bouffée d'air qui m'a portée jusqu'au 13 novembre. Un grand bol d'amour, de vin et de copains dont on avait tous bien besoin.

Le lendemain matin, la tête embrumée par la soirée de la veille, j'écris aux copains du conseil d'administration qu'on a un souci avec la mairie de Paris, ils ne veulent rien entendre, nous allons devoir taper fort pour obtenir gain de cause. Je rédige un communiqué de presse que je leur fais valider. Tout est OK.

J'écris un mail à l'intention de la maire de Paris, que j'envoie à son chef de cabinet. Je leur propose un deal. Ils ont cinq heures pour proposer une solution afin de prendre en charge les frais de déplacement et d'hébergement de *toutes* les victimes, sans quoi je publie le communiqué. Accusé de réception. Le mail a bien été reçu et lu.

J'attends… Aucune réponse.

Sans nouvelles, au bout de cinq heures, je publie donc le communiqué sur nos réseaux. Un copain de l'asso qui bosse pour un média m'appelle et me demande si ce que j'ai écrit est vrai. Il me dit qu'il se charge de sortir l'info chez eux. Quelques minutes plus tard, le papier tombe.

Dans la seconde qui suit, le chef de cabinet d'Hidalgo m'appelle.

— Mais enfin, à quoi vous jouez ? On est en train d'organiser un énorme événement pour vous, et vous nous chiez dans les bottes ?!

— Je vous ai proposé une solution. Vous ne l'avez pas saisie. J'avais prévenu. Cet hommage, il est pour toutes les victimes, sans distinguo, vous vous y étiez engagés. Donc j'attends que vous respectiez votre parole.

— Vous me retirez ça tout de suite. On n'a pas besoin en plus de se péter une polémique en ce moment ! On n'a aucun soutien du gouvernement donc là, vraiment, c'est pas possible.

— Je vous répète depuis des mois de prendre attache avec le cabinet de Juliette Méadel, pour n'oublier personne. Je ne sais pas qui a tort, qui a raison, et je m'en fiche, je veux juste que vous respectiez l'engagement pris auprès de nous.

— OK, on va trouver une solution, mais retirez-moi ce truc !

— Je le retire dès que j'ai un engagement écrit de votre part. C'est promis.

Mon interlocuteur raccroche. Je l'ai visiblement énervé, mais aux grands maux les grands remèdes. On a essayé de faire ça soft, mais parfois, seule la manière forte fonctionne.

Trente minutes plus tard, je reçois un mail. Toutes les victimes, quel que soit leur « degré », seront bien prises en charge. Il est 8 heures du soir, mais on a réussi. Je retire le message, demande une mise à jour au copain journaliste.

Le 13 novembre 2016, qu'elles viennent des États-Unis, d'Espagne, des Pays-Bas, d'Angleterre, de la Drôme, d'Alsace ou de Bretagne, toutes les personnes qui souhaitaient être présentes pourront se rendre à l'hommage qui leur est rendu.

Le 11 novembre, je suis épuisée. Je dors très peu ; le travail qu'il nous reste à faire est colossal. Mais je dois m'absenter de Paris. À 6 heures du matin, j'ai un train à prendre à destination de Nancy. Ma mère, qui est dans la confidence, vient me chercher à la gare. À la maison, mon père dort encore.

Nous arrivons chez mes parents, ma mère monte à l'étage où se trouve leur chambre. De mon portable j'appelle leur fixe.

— Maman. C'est Caro. Tu peux me passer papa ?

— Charly, c'est ta fille.

La voix encore enrouée de sommeil, mon père saisit le téléphone.

— Allô ma puce ?

— Coucou papa. Je t'appelle pour te souhaiter un joyeux anniversaire. Je suis désolée de ne pas être avec vous aujourd'hui, mais c'était vraiment trop compliqué pour moi avec l'événement d'après-demain.

Je grimpe à pas de loup l'escalier jusqu'à sa chambre.

— C'est pas grave, ma puce. Je comprends. Tu as des responsabilités. Tu dois faire ce qui te semble juste.

— Oui, papa. C'est pour ça que je n'ai pas pu faire autrement. Que je suis là.

Je me tiens debout devant mon père, encore couché dans son lit. Il met plusieurs secondes à comprendre ce qui est en train de se passer. Il m'attire vers lui. Je m'étale sur le lit dans un énorme câlin, comme quand j'étais petite.

Aujourd'hui, j'ai un cadeau pour mon père. On a une revanche à prendre sur novembre. Aujourd'hui je suis là, avec lui.

Plus de tristesse, on est ensemble et c'est ce qui pouvait nous arriver de plus beau.

Je rentrerai le soir même, le cœur un peu lourd de les quitter, mais deux autres « anniversaires » m'attendent à Paris.

Le 12 novembre, nous sommes à la veille de l'hommage et je suis à cran. Je dois trouver une solution pour relier rapidement le Bataclan à la mairie du XIe car j'ai une confiance limitée en la mairie de Paris et son respect des engagements.

Et nous sommes invités à l'Élysée à rencontrer une nouvelle fois le président. Nous lui exposons ce que les victimes attendent de lui, qu'il faut au maximum limiter les prises de parole politiques, ce n'est pas le moment.

Après quelques minutes de discussion autour des hommages officiels, je me tourne vers le président :

— Monsieur le président, serez-vous présent à la cérémonie de Life for Paris demain, à la mairie du XIe ?

Nous avons bien envoyé l'invitation quelques jours plus tôt, ainsi qu'un mail à son équipe, mais n'ayant reçu aucune réponse, je suppute que quelque chose cloche. Le président me regarde, surpris, se tourne vers son équipe qui bafouille une vague excuse d'oubli. Puis il se retourne vers moi.

— Vous pensez que c'est important que j'y sois ?

— Oui, monsieur le président.

— Souhaitez-vous que je m'y exprime ?

— Non, monsieur le président.

— Êtes-vous sûre ? Les gens souhaiteront sûrement que j'y porte un discours.

— Je suis sûre, monsieur le président. La seule personne qui parlera demain, ce sera moi, pour porter la voix des victimes. Nous ne souhaitons pas de parole politique. Mais votre présence à nos côtés serait un vrai symbole.

L'aréopage autour du président se tient immobile, suspendu à cette situation que j'imagine surréaliste à leurs yeux. Une jeune femme, sortie de nulle part, vient de demander au président de la République de se rendre à un hommage mais de ne surtout pas s'exprimer. Et d'écouter.

Son équipe m'explique que ça risque d'être compliqué, que l'agenda présidentiel ne se bouleverse pas comme ça du jour au lendemain, le président ne peut pas prendre d'engagement là, maintenant, mais on reviendra vers moi dans les plus brefs délais.

Au moment de sortir, le président me raccompagne à la porte et me glisse :

— Ma présence est importante pour vous ?

— Oui, monsieur le président, c'est important pour le symbole. Et je vous avoue que j'ai besoin de vous pour des questions de sécurité car c'est un peu compliqué pour nous avec les hommages officiels en même temps. J'ai besoin de savoir que tout va bien se passer, et si vous êtes là, ça se passera bien. Oui, j'ai besoin de vous.

— Dans ce cas, vous pouvez compter sur moi. Je serai là.

Son équipe me raccompagne vers la sortie en me réexpliquant d'un ton assuré que le président ne pourra pas se rendre à notre hommage, d'autant plus qu'il n'est pas invité à y prononcer de discours. Que ça ne se fait pas, un président qui assiste à une cérémonie sans y prendre la parole.

Je pars pourtant sereine. François Hollande, aussi critiqué soit-il, est un homme de parole et je sens que ma franchise l'a touché.

Je saute dans un taxi, direction la mairie du XIe pour notre ultime réunion de préparation. J'arrive sur place, l'équipe de la mairie est sur le parvis, avec une partie des dirigeants de notre association et des membres bénévoles. On discute des dernières choses à valider, je débriefe mon rendez-vous à l'Élysée et j'annonce que le président s'est engagé à venir. Je lui ai expliqué pourquoi nous avons besoin de lui. L'équipe de la mairie me dit que ce serait une excellente nouvelle, cela améliorerait nettement la question de la sécurité qui deviendrait dès lors « une affaire d'État et non plus une affaire de mairie d'arrondissement ».

On croise tous les doigts.

Le responsable de la sécurité de la mairie s'approche de nous.

— J'ai une bonne et une mauvaise nouvelle. La bonne, c'est que les barrières Vauban viennent de nous être livrées pour sécuriser le périmètre. La mauvaise, c'est qu'ils sont en réduction d'effectifs à cause de l'hommage officiel et que c'est à nous que revient le privilège de les poser.

On se retourne. Derrière nous, plusieurs centaines de barrières attendent sagement d'être déplacées… Et ce n'est pas une blague.

Alors, au milieu d'une bruine mémorable, on se relève tous les manches et nous voilà à barriérer les alentours de la mairie. Voir toutes ces personnes victimes il y a un an, cette équipe de la mairie du XIe arrondissement durement éprouvée en 2015 se retrousser les manches ensemble me fait autant halluciner que plaisir. Jusqu'au bout, nous formons une équipe animée par la même volonté : offrir à tous un moment important de vivre-ensemble.

Sébastien s'approche de moi. Je suis épuisée, les barrières sont lourdes, mais il nous reste encore du travail.

— T'as pas mieux à faire, toi ?

Je le regarde interloquée.

— Tu n'es pas censée être avec ton mec, dont c'est l'anniversaire et à qui tu avais promis, en sortant du Bataclan, de ne pas être à Paris pour cette « date anniversaire » ? Tu as déjà bien assez fait de concessions pour cette année, alors ouste ! Je ne veux plus te voir !

— Mais il reste plein de barrières à…

— On est suffisamment nombreux, j'ai dit ouste !

Je me sens un peu mal de les abandonner, mais Sébastien a raison. Ce soir il faut que tout se passe bien pour l'anniversaire d'Alexandre. Cet anniversaire qu'il ne veut pas fêter. Il faut qu'on soit là pour lui.

J'arrive à la maison trempée d'un mélange de sueur et de pluie. J'embrasse Alexandre, fonce sous la douche, me prépare. Être belle pour lui. Je ne le fais plus depuis le 13. Je lui dois bien ça, lui que j'aime et qui partage ma vie avec sept cent cinquante personnes depuis maintenant un an.

Il est 19 h 05. Nous sommes déjà en retard de cinq minutes pour notre verre avec les copains, avant le restaurant. Je suis nue dans la chambre, en train d'enfiler un slip, quand mon téléphone sonne. Numéro inconnu. Ça doit être important, je décroche et branche le haut-parleur.

C'est le chef de cabinet du président.

— Madame, je vous contacte pour vous dire que le président sera présent demain à votre hommage.

Je lance un grand « YES ! » à l'intention d'Alexandre qui se retient de rire devant la situation grotesque de sa nana à poil au téléphone avec l'Élysée.

— Nous serons d'ici une vingtaine de minutes sur le parvis de la mairie du XIe pour « visiter » les lieux en vue de leur sécurisation. Nous vous y attendons.

— Merci beaucoup pour cette excellente nouvelle. Cependant, il m'est impossible d'être à la mairie dans vingt minutes. Nous sommes attendus au restaurant pour l'anniversaire de mon compagnon.

Le chef de cabinet marque un long silence. Ma réponse l'a complètement décontenancé. On ne dit pas non au président, et je viens de le faire de nouveau.

Je reprends.

— Je ne peux pas être présente personnellement, mais je vais vous trouver quelqu'un de l'association, ne vous inquiétez pas. Nous sommes une équipe, moi ou un autre ce sera pareil.

Le chef de cabinet accepte.

Le bon côté d'être une grande famille, c'est que toutes les occasions sont bonnes pour aller boire un coup ensemble après un rendez-vous. Je me doute donc bien que tout le monde n'a pas encore quitté le périmètre de la mairie, et qu'il doit en rester quelques-uns au bistrot d'à côté qui pourront me relayer.

J'appelle Serge. Bingo, il est encore là, avec Sébastien et Sandrine. Tout est OK, ils s'occupent des hommes de l'Élysée.

J'enfile mes bottes et nous décollons en direction du bar où nous attendent les amis.

Ce soir-là, autour de la table, il y a l'ami d'Alexandre que nous avions eu au téléphone avant l'attaque, et qui ne nous a pas lâchés depuis. Et Taline et Anne-Sophie, nos protectrices et amies du 13 novembre, notre nouvelle famille de cœur.

Cette soirée qu'Alexandre redoutait tant sera l'une des plus belles et des plus douces de notre vie commune. Un flot d'amour sincère, la délicieuse nourriture de nos amis italiens, du bon vin. Simple et pourtant essentiel. Nous nous coucherons tard, car comme toujours, nous n'arrivons plus à nous quitter.

Demain est un autre jour…

Le jour J

Un soir, j'ai commencé à rédiger le texte de l'hommage que nous allons rendre le 13. Quelle lourde tâche. Peser chaque mot, n'oublier personne, rendre un hommage digne à chacun. Et surtout, ne pas faire de lobbying ce jour-là. C'est l'hommage de tous, à tous.

Life for Paris ne doit pas se mettre en avant. Ce n'est pas le propos.

J'ai fait lire, corriger, modifier le texte par ceux qui m'entourent : les membres du conseil d'administration, mes parents, mon psy, Alexandre. Tous m'ont dit c'est beau. C'est juste.

Mon psy m'a expliqué que ce texte allait marquer car les héros sont normalement, dans la littérature, ceux qui meurent à la fin de l'histoire. Prendre le contre-pied de rendre hommage à tous est, à son sens, le plus beau rappel de notre valeur fondatrice : réparer les vivants. Quand mon psy me parle, je suis toujours frappée du recul qu'il m'apporte sur les choses. Il m'aide à me centrer, à ne pas me laisser engloutir dans ma douleur, à m'ouvrir aux autres.

Ma seule hantise, c'est d'avoir oublié quelqu'un. Il m'a rassurée.

— Vous maîtrisez votre sujet bien mieux que quiconque. Vous n'avez oublié personne. Et ce sera beau.

Samedi 13 novembre 2016.

Je me lève à 3 heures du matin. J'ai rendez-vous dans une heure à l'INAVEM avec Émilie, une copine maquilleuse rencontrée quelques jours plus tôt, qui m'a proposé de me coiffer et me maquiller pour que je me sente bien au cours de cette journée qui s'annonce difficile.

Olivia ouvre ce matin-là les portes de l'INAVEM très tôt pour qu'Émilie puisse faire opérer sa magie.

Alors qu'elle est en train de me coiffer, mon amie me dit :

— Oh merde, ma belle… Tu as vu que tu perds des touffes de cheveux entières ?

Pas le temps de m'occuper de ça maintenant, mais cette révélation me vaudra, quelques jours plus tard, la coupe de cheveux de Jean Seberg. Mon corps est effectivement « à bout de souffle ».

Émilie me maquille. Je suis prête pour affronter cette journée. Olivia me serre très fort dans ses bras en me répétant, comme un mantra, que tout va bien se passer.

J'ai l'impression que tout me glisse dessus depuis un an. Je ne suis toujours pas sortie de mon état de dissociation, donc je suis d'une certaine manière protégée de ce qui m'arrive. En pilotage automatique.

Je pars à la mairie de Paris, où j'ai rendez-vous avec Arthur pour rejoindre la délégation officielle. Nous nous retrouvons dans le froid. Il est tôt, mais Arthur m'accueille avec son éternel sourire rassurant. L'équipe de la mairie nous rejoint. Nous échangeons quelques mots, mais nous sommes tous déjà très préoccupés par ce qui nous attend. On grimpe dans les voitures, direction le Stade de France où doit débuter la succession des hommages officiels sur chaque lieu des attaques.

Sur place, je retrouve quelques membres de l'association. On se serre dans les bras. On se parle. On essaye de se rassurer tous. Nous sommes placés derrière les journalistes. Que c'est étrange cette sensation qui ne me quitte plus depuis le 13, que plus rien de tout ça ne nous appartient. Que tout est devenu des images sur papier glacé, des images qui défilent à la télévision, si loin et pourtant si proches.

Le premier hommage débute. Le fils de l'homme tué au Stade de France lit un texte. C'est magnifique. Tout en douceur, en courage, en beauté. L'émotion monte.

L'hommage se termine, on court remonter dans les voitures. Dans le convoi qui nous mène à la première des terrasses attaquées, je fais une remarque à Arthur.

— C'est étrange, un an après, de suivre les traces des terroristes. Site après site, dans le même ordre.

Arthur acquiesce. Devant moi, un membre de l'équipe de la mairie se retourne et me regarde avec stupéfaction. Il fallait effectivement y penser, mais c'est bien ce que nous sommes en train de vivre.

Arrivée aux premières terrasses. Petit Cambodge et Carillon.

Les noms des disparus s'égrènent pendant de longues secondes. Chaque nom associé à la famille d'un de nos membres me fait l'effet d'un coup de poignard dans le cœur. Je connais l'histoire qui se cache derrière chacun d'eux. Chaque souffrance, chaque combat. Je cherche la main d'Arthur dans le froid. Je la trouve et la serre de toutes mes forces. À côté de moi, François Vauglin, le maire du XIe arrondissement, et Patrick Bloche, notre député, me lancent un sourire rassurant. Je me sens un peu moins seule. Je sais que derrière les sourires de façade, il y a la douleur de ces élus dont l'arrondissement est durement éprouvé depuis plus d'un an.

Retour à la voiture au pas de course. Il recommence à pleuvoir.

Nouvel arrêt aux terrasses suivantes. Celles de la Bonne Bière et de Casa Nostra. De nouveau ces noms qui se succèdent, ces noms qui me frappent au cœur. Cette minute de silence qui semble une éternité. La main d'Arthur serrée de toutes mes forces.

Puis on part en direction de mon quartier. La terrasse du Comptoir Voltaire apparaît au loin. Je sens mon ventre se nouer un peu plus. Ça y est, j'y suis. Ce moment tant redouté. Celui de mon quartier, de mes habitudes, mes repères, mes voisins. Mon chez-moi qu'ils ont abîmé.

L'hommage débute. Pas de minute de silence ici, car il n'y a pas eu de morts. Je vis ce moment de « différence » très douloureusement, car je sais que les victimes de cet endroit ont été plus que durement éprouvées, qu'elles souffrent encore aujourd'hui, que certaines sont toujours à l'hôpital, grièvement blessées.

L'hommage se termine. Les politiques saluent les familles. Un ami de l'association s'effondre dans mes bras.

— Je pensais que je tiendrais le coup mais c'est trop dur ! Je ne supporte plus tout ça.

Je fais signe à une fille de l'INAVEM que je connais, présente aux hommages pour venir en aide aux gens qui décompensent. Elle prend mon ami à part, loin des photographes, pour l'apaiser.

Nous sommes debout avec Arthur, le visage impassible face aux journalistes, lorsque Bernard Cazeneuve, le ministre de l'Intérieur, vient à notre rencontre.

— Madame Langlade, je suis ravi de vous rencontrer enfin. Il faudrait que nous prenions rendez-vous, j'ai beaucoup à vous dire sur le travail formidable que font les forces de l'ordre actuellement. Nous avons empêché de nombreux attentats ces derniers mois.

— Je serais ravie de vous rencontrer également, monsieur le ministre. J'ai d'ailleurs, moi aussi, un sujet qui me tient à cœur et dont je souhaite m'entretenir avec vous.

— Ah ?

— Oui, j'aimerais que nous parlions de la non-prise en charge psychologique des équipes de police. Cela fait des mois que nous alertons les pouvoirs publics sur cette question, mais personne ne nous écoute. Leur souffrance est énorme, et je pense que les révoltes policières de ces dernières semaines sont liées en partie à cette non-reconnaissance que doit endurer le corps policier. À leur non-prise en charge. Ces gens souffrent et ne pas les aider va s'avérer extrêmement dangereux si l'on continue de ne rien faire.

Le sourire de Bernard Cazeneuve s'efface instantanément. Je sais que ce n'est pas le moment, mais ça ne l'est jamais pour ce type de sujet. Il me demande de contacter son équipe pour fixer rendez-vous rapidement. Nous n'obtiendrons aucune réponse à notre demande de rencontre. Le sujet est primordial mais son équipe ne transmettra jamais notre demande. Dommage, car lui semblait en avoir saisi l'importance.

On nous invite à rejoindre les voitures. Direction La Belle Équipe.

Je suis enfoncée dans mon siège et je suis terrifiée. On arrive chez moi. Ma boulangerie, mes commerçants, mes rues. Je vais finir par briser la main d'Arthur à force de la serrer.

Les noms sont égrenés. Je les connais tous. Je connais désormais toutes ces familles. Derrière moi, il y a cette maman et sa fille qui ont perdu leur fils, leur frère. Ce copain de ma vie d'avant, que j'ai retrouvé par ce destin qui nous lie et qui a perdu son frère de cœur. Ces copains blessés. On s'enlace, les larmes coulent. Je suis démunie. J'aimerais trouver les mots pour réconforter mes amis, mais je n'y parviens pas.

En remontant vers la voiture, des journalistes nous interpellent. On répond succinctement, tels des robots, aux questions qu'on nous lance. « Qu'est-ce que ça vous fait ? », « Est-ce que c'est dur ? ». Tant de questions auxquelles j'ai envie de répondre d'un hurlement de douleur. Mais je dois rester digne. Ne pas offrir notre émotion, notre colère à ces terroristes indignes en la rendant publique.

Nous embarquons de nouveau dans la voiture. Ce qui nous attend maintenant va être, pour Arthur et moi, le plus lourd à gérer. Cette fois, c'est de notre histoire personnelle qu'il s'agit.

La voiture est obligée de se garer loin du Bataclan, faute de place, pour des raisons de sécurité. On marche d'un pas rapide pour rattraper le cortège officiel. « Cortège, fosse », en voilà des mots qui résonnent bizarrement depuis un an. Sur les trottoirs, des centaines d'anonymes nous regardent avec émotion. Je concentre mon regard au maximum sur la route. J'ai peur de ce qui m'attend. Comme si tout allait recommencer.

Je passe à côté d'Olivia et Jérôme de l'INAVEM qui me sourient pour me soutenir. Ils savent combien cette journée est compliquée pour nous, car elle l'est aussi pour eux. Cela fait un an que l'INAVEM aide toutes ces personnes touchées qui ne sont plus des anonymes pour eux.

Nous voici devant le Bataclan. Dans la foule, je reconnais chaque visage. L'amie blessée à la jambe à qui j'ai rendu visite en janvier, son meilleur ami blessé à la jambe également. Celle qui a perdu son mari, celle qui a perdu son frère, les copains de la loge, Didi et Jérôme du Bataclan. Les Italiens, les Espagnols, les Hollandais, les Américains, les Anglais, les Écossais, les Allemands, les Irlandais… Même les

Eagles of Death Metal que l'on a choisi d'inviter, car ils sont eux aussi victimes de cette histoire, avant toute autre considération. Tout le monde est là.

On nous indique où nous placer. Je prends la main d'Arthur. Les noms des morts, à nouveau, sont lus. Mais là, je m'effondre. Les larmes coulent. Tout remonte d'un coup. La peur, le bruit des balles, le sang. Tout me revient en mémoire. Je me mords les lèvres pour ne pas éclater en sanglots.

On nous invite à venir dévoiler la plaque avec le président de la République et la maire de Paris. Nous nous approchons. Un cordon nous est tendu. On le serre. Un. Deux. Trois. Et on le tire. Les flashs crépitent.

Flash-back du 13 novembre. Je sors avec Alexandre du Bataclan. Dehors, des nuées de journalistes nous attendent. Tous ces cris dans la rue. Les journalistes qui nous hurlent de venir témoigner, les sirènes, les gens qui pleurent, qui hurlent.

J'ouvre les yeux. Je suis retournée à ma place sans m'en rendre compte.

L'hommage se termine. Les copains sont invités à se lever pour déposer une fleur, un mot, près de la plaque.

On s'enlace. On pleure, on se sourit, j'entends mon nom crié dans la foule. Des copains passent devant le président sans lui serrer la main, pour foncer me prendre dans leurs bras. Dans la vie, il y a la politique d'un côté et de l'autre les humains. Je suis heureuse d'appartenir à cette deuxième catégorie. Un garçon s'approche de moi en souriant. Il me serre contre lui en me criant :

— C'est moi, Caro, le mec des cintres ! Tu m'avais dit de venir te faire un câlin. Je suis là !

Je suis tellement heureuse de l'avoir retrouvé. L'espace d'un instant on ne fait qu'un, comme pendant ces longues heures du 13 novembre. Encore une fois, cette journée me procure un tas de sentiments mélangés.

Je me tourne vers Jérôme.

— Comment tu vas ?

— C'est dur. Toutes ces familles…

Je lui mets la main sur l'épaule.

— Merci pour tout ce que tu as fait pour nous cette année. Merci d'avoir été là, d'avoir dépassé ta propre souffrance. Sans ton amour, sans ton aide, ç'aurait été beaucoup plus difficile pour nous tous.

Un copain me rejoint.

— Sébastien m'a dit de te suivre à la trace, de ne pas te perdre des yeux. Il faut y aller maintenant, on est attendus.

J'ai mon propre service d'ordre aujourd'hui. Les copains, encore et toujours, chacun pour prendre soin de l'autre. Ma grande et belle famille.

Un couple d'amis s'approche de moi. Ils me tendent un paquet en me disant :

— C'est pour te remercier de t'être battue pour nous pour qu'on puisse être la. C'est une spécialité de chez nous.

J'ouvre le paquet et découvre des niniches, ces sucettes bretonnes de mon enfance. Je les embrasse, glisse le paquet dans le sac de l'ami qui m'accompagne, et nous filons en direction de la mairie. Devant nous, le boulevard Voltaire s'étend, complètement vide. Le quartier entier est bouclé.

À la mairie, j'embrasse le staff des copains qui sont en train de tout préparer. À l'intérieur du hall, une multitude de ballons de couleur sont accrochés, attendant sagement d'être libérés.

Les officiels arrivent. Je fonce aux toilettes de peur de ne pas tenir pendant tout l'événement. Dans le couloir, je croise Maureen. Elle est bouleversée. Terrifiée par le temps qui est passé si vite, par la foule qui est là dehors, par le président qui arrive. Elle met des mots sur ce que j'ai dans le ventre depuis ce matin. Comme à notre habitude, Maureen est ma sœur miroir, et on vit les choses ensemble via ce lien indéfectible. Je la rassure mais il faut faire vite. Dehors on nous attend. Mon téléphone vibre sans interruption, on me cherche.

Je rejoins Arthur à l'endroit convenu, pour arriver avec les officiels, ensemble. On nous explique que le président patiente dans le bureau du maire. Après plusieurs faux départs, ils descendent enfin. Nous nous dirigeons vers l'espace qui nous est réservé. Le président me demande où il doit se placer. Merde ! On a pensé à tout sauf au placement. Je lui dis de venir à côté du pupitre pour être près de moi. Le reste des officiels se bouscule, cherchant *la* bonne place dans cet espace microscopique. J'invite François Vauglin à se mettre de l'autre côté du pupitre, avec Patrick Bloche et Rémi Féraud, le maire du Xe.

Arthur monte au pupitre, la cérémonie débute.

La pianiste qui a accepté de jouer pour nous, cette médecin intervenue le 13 novembre, pose ses mains sur les touches du piano que la mairie de Paris nous a dégotté in extremis. Les chansons choisies par nos membres résonnent sur le parvis. « Hurt » de Nine Inch Nails pour les disparus et « Alive » de Pearl Jam pour ceux qui restent. L'émotion est incroyable. Le symbole, lui, est magnifique. Un médecin réparant les vivants avec de la musique.

Un silence. Puis des applaudissements retentissent. Les deux hommages musicaux ont fait du bien aux gens. La pianiste est émue. Elle salue et s'éclipse.

Arthur m'invite à prendre la parole. Je m'installe au pupitre. En face de moi, des centaines de visages. Ne pas me laisser submerger par l'émotion. Je me tourne vers le président qui me sourit l'air de dire « Vas-y, c'est à toi maintenant ».

Je saisis mon texte, et de la voix la plus calme possible j'entame :

— Ce vendredi-là, nous étions des centaines d'inconnus au milieu de milliers d'inconnus. Un vendredi soir normal, comme tous ceux qui rythment nos vies. Ce soir-là pourtant, les corps se sont emmêlés, enlacés, accrochés, attrapés, pour ne plus faire qu'un. Un seul humain. Un être humain. L'humanité. Une humanité faite de héros ordinaires qui se sont levés, qui sont restés debout pour affronter ce qui dépasse l'entendement.

« Héros, celui qui a muselé sa propre souffrance et étouffé son cri pour ne pas risquer la vie de son voisin.

« Héros, celui qui a aidé son prochain sous le feu des balles, au prix parfois de sa propre survie.

« Héros, les proches de disparus de ne pas avoir sombré dans la haine à l'annonce d'une terrible nouvelle.

« Héros, ceux qui ne sont toujours pas rentrés dans leurs foyers et se battent chaque jour pour se reconstruire.

« Héros, les voisins qui ont ouvert leurs portes et leurs cœurs pour cacher des gens, pour les soigner.

« Héros, ceux qui sont descendus dans la rue pour soigner, pour sauver.

« Héros, ceux qui, chaque jour, doivent justifier de leurs blessures parce qu'elles sont invisibles.

« Héros, ceux qui, par leur profession, ont fait face à leur propre peur, l'ont dépassée pour faire rayonner le mot "humanité".

« Héros, les victimes étrangères, ces êtres libres sans frontières, qui ont fait face à celles de la langue pour trouver des repères dans leur reconstruction.

« Héros, les mairies d'arrondissement d'avoir trouvé un sens citoyen à donner dans l'après.

« Héros, les Français, de dompter leur colère et leur peur pour rester solidaires.

« Aujourd'hui une année s'est écoulée.

« Une année à se souvenir. Une année à se rappeler chaque jour, à connaître un peu mieux ceux qui ont disparu, ceux qui les entouraient, ceux qui restent.

« Une année aussi à perdre à nouveau des amis, dont le cœur ou le corps les a abandonnés, face à une histoire sûrement trop lourde pour un seul être.

« Mais une année aussi à voir reprendre la vie.

« Et quelle joie en réalité de pouvoir voir aujourd'hui tous ces enfants, ceux qui ont parfois résisté à la mort avant même d'être nés. Quelle force de vie ont-ils pour sauter de classe en classe, continuant leur vie malgré un grand vide, résistant chaque jour à la terreur et à l'absurdité du monde adulte.

« On ne se prépare pas à l'horreur, elle s'impose à vous. Il nous reste aujourd'hui à composer avec elle dans nos vies.

« Car, si la vie continue pour chacun de vous, elle ne nous a pas attendus.

« Laissez-nous nous guérir, soyez patients, indulgents, nous apprenons encore à dompter nos démons, nos vides, nos peines et nos histoires. Nous vous rattraperons car nous savons qu'il nous reste chaque jour à composer demain. À offrir aux vivants le droit d'être réparés. À offrir aux enfants le bonheur de la paix. »

Je suis incapable de dire si mon discours a été applaudi. Je ne sais pas. J'étais tellement terrifiée pendant tout ce moment. Alors que ce que beaucoup ont retenu de cette journée, c'est la maîtrise, le courage dont j'avais fait preuve en le lisant.

En réalité j'étais pétrifiée. Pendant que je lisais mon texte, ma tête répétait en boucle « Ça va péter. Ça va péter et ce sera ta faute. Tu es folle d'avoir voulu organiser ça. Il va y avoir des morts et ce sera *ta* faute. »

Entre l'image que l'on donne et sa vérité profonde, il y a un gouffre.

Arthur reprend la parole.

— Le temps est désormais venu de laisser partir un peu de notre tristesse vers le ciel.

Des ballons sont distribués aux officiels.

— Nous vous invitons à les lâcher.

La fille de Maureen, cette petite puce de huit ans que j'adore, s'approche de moi un ballon à la main. Nous tenons toutes les deux la ficelle du ballon qu'elle me tend. Je lui souris et lui glisse :

— Tu es prête ? Un... deux... trois !

Le mouvement est donné. Les cinq cents ballons s'échappent peu à peu vers le ciel. On entend des « oh », des gens qui pleurent, d'autres qui applaudissent. C'est beau et ça fait du bien. Malgré toute la fatigue, malgré les mois de préparation, les embûches, je suis heureuse que nous ayons tenu bon. Heureuse de ce que nous sommes en train d'offrir à tous ces gens.

Quelques jours plus tard, un ami m'enverra la vidéo qu'il a tournée ce jour-là. Au milieu de la foule, j'entends cette voix de femme qui dit à son voisin :

— Que c'est beau. Que ça fait du bien. C'est comme si un peu de cette lourdeur partait vers le ciel pour nous aider à retrouver la légèreté.

Madame, merci pour ces mots. Grâce à vous, nous avons eu la confirmation que ce moment était important pour chacun de vous, pour chacun de nous.

Après le lâcher de ballons, le groupe Gospel, qui nous a offert sa présence, entame son chant. Notre choix s'est arrêté sur « This Little Light of Mine », ni trop religieuse ni trop triste. Qui envoie un message d'espoir à toutes ces petites flammes qui continuent de briller tant bien que mal depuis un an. Et puis, cette chanson reste pour moi celle du début d'un de mes films préférés : *Tina*. Ce film raconte le combat de Tina Turner contre la violence de l'homme de sa vie. Une autre forme de combat, mais toujours cette folie commune à ceux qu'on appelle « victimes ».

Les premières notes résonnent sur le parvis de la mairie. Et peu à peu le niveau sonore monte. Et la puissance du chant nous inonde. Nous sommes en communion républicaine et je sens les vibrations qui nous parviennent de la foule qui s'allonge devant mes yeux. Tout le monde avait besoin de cette journée. C'est notre 11 janvier 2015 à nous. Le fait que ce soient les familles de victimes et les victimes elles-mêmes qui offrent cette journée à tous les autres me remplit de fierté et d'amour. Plus que jamais, je suis fière de ma famille. De ces gens qui claquent des dents de peur en se donnant la main, droits dans leurs bottes, fiers dans leur cœur.

L'hommage s'achève. La foule tarde à se disperser, les gens ont besoin de rester ensemble, encore un peu, profiter jusqu'au bout de cet instant suspendu. De l'autre côté de la barrière derrière laquelle je me trouve, j'entends crier mon nom. Je cherche des yeux. Il y a là mes amis, ceux qui depuis des mois m'accompagnent dans ma vie d'après, à accepter l'inacceptable. Il y a des visages que je connais, que j'ai déjà croisés, des visages vus à la télévision qui me sourient car ils sont avec nous ce jour-là. Et il y a cette femme qui crie mon nom. Mes souvenirs remontent à la surface.

La fête des voisins en mai dernier, ces parents dont le fils a été touché à la tête, qui se sentent seuls, qui ont besoin des autres pour garder espoir. Ces parents inquiets par l'annonce des médecins que leur fils ne parlera plus jamais. Je me souviens leur avoir parlé de cet autre ami blessé à la tête et dont la reconstruction était pour le moins spectaculaire, là où tous les médecins avaient émis un diagnostic bien pessimiste. Je leur avais dit « Ne lâchez rien, votre fils a besoin de tout votre amour. C'est ça qui lui donnera la force de se réparer. Je n'ose pas imaginer combien c'est dur pour vous, mais gardez confiance ».

C'est cette même femme qui se tient devant moi et qui crie mon nom. Je m'approche. Elle a les larmes aux yeux.

— Caroline… J'ai une surprise… Je te présente notre fils.

Un grand gaillard se penche vers moi, me sourit et me dit :

— Bonjour, Caroline. Je suis vraiment content de te rencontrer.

Je ne pourrai jamais trouver les mots pour expliquer ce que j'ai ressenti à cet instant. Rien que de l'écrire, j'en pleure encore.

Je saute dans les bras du garçon, je l'embrasse, j'embrasse ses parents. Ce moment est incroyable. C'est le plus beau cadeau que je pouvais recevoir aujourd'hui. Notre plus beau doigt d'honneur aux terroristes.

À côté de ce jeune homme et de ses parents, je reconnais mon petit papa orphelin qui vient de ma Drôme natale. Je ne peux pas expliquer pourquoi, mais cet homme je tiens à lui comme à la prunelle de mes yeux. Il est là, en retrait, timide. Je m'approche de lui.

— Merci, ma Caroline. Vous avez fait quelque chose de magnifique. Je suis fier de faire partie de cette famille.

On m'appelle au loin, il faut partir pour la salle Olympe de Gouge où se tient notre séminaire de l'après-midi. Mais quelqu'un d'autre me hèle dans la foule.

Je me retourne, et là, à ma grande surprise, je tombe nez à nez avec ma famille. Ma vraie famille de sang. La cousine de mon papa et son mari sont là devant moi. C'est le côté de ma famille avec qui je partage depuis petite le goût de l'art, des bonnes choses et de la création.

Ma tante est danseuse contemporaine. Mon oncle, ancien rugbyman, est régisseur de théâtre. Ma tante me dit combien elle a été touchée par cet hommage, combien toute cette merde l'a impactée, elle qui ne respire que pour l'art. Derrière elle, mon oncle me regarde. Les larmes ruissellent sur ses joues. Il ne me dira rien ce jour-là. Il n'a pas besoin de parler pour que je comprenne combien il a eu peur de me perdre, combien lui avec qui j'ai passé des soirées à boire des canons sur leur péniche est terrifié de ce qui aurait pu arriver. Terrifié par tous ces « si » qui entourent désormais notre vie de citoyens français, d'amoureux de la musique. Je ne trouve rien à répondre pour sécher ses larmes, juste un besoin de se serrer fort et lui dire que je l'aime. Qu'on va se battre plus que jamais pour ne pas laisser faire.

Cette rencontre me bouleverse encore aujourd'hui quand j'y pense. Je venais de mesurer d'un coup l'impact familial de l'événement sur nous tous.

À m'occuper de toute ces familles, j'en avais presque oublié la mienne.

« Tu te rends compte, ça aurait pu être moi ! »

Dans les jours qui ont suivi le 13 novembre 2015, ont commencé à fleurir sur les réseaux sociaux les « ça aurait pu être moi, j'étais au Bataclan / Stade de France / terrasses il y a quelques heures / jours / mois / années… » Ou encore l'immanquable « Je connais quelqu'un qui connaît quelqu'un dont le fils de la nièce du père du cousin y était ».

Comme c'est étrange de vouloir appartenir à cet événement. Comme si c'était l'expérience ultime du XXIe siècle. Là où tous ceux qui l'ont vécu, sans exception, échangeraient leur place sans une seconde d'hésitation, certains autres avaient besoin de s'approprier cette horreur.

Est-ce un besoin d'exister ? Une volonté d'attirer à soi l'empathie que le monde entier avait pour nous au lendemain des attentats ?

Je ne sais pas. Toujours est-il qu'au milieu de cette tentative de récupération morbide, certains se sont illustrés de façon magistrale dans leur capacité créative.

Lorsque nous avons créé les pages Facebook privées de Life for Paris, à destination des victimes uniquement, le 1er décembre 2015, nous étions loin d'imaginer que des usurpateurs allaient nous rejoindre. Pendant les trois premières semaines, chaque nouvel arrivant nous livrait son témoignage et nous nous en tenions à ça et à la bonne foi de chacun. L'idée de nous retrouver confrontés à des faux témoignages nous était inconcevable.

Mais au terme de ces trois semaines, méfiante et en alerte permanente, ma paranoïa a pris le dessus et j'ai proposé à Maureen de demander des preuves à toute nouvelle victime se présentant à nous. Je craignais que des journalistes en quête de sensationnel tentent de s'infiltrer. J'étais loin d'imaginer que ce que nous risquions était encore pire.

La première *fausse victime* que nous avons identifiée est celui qu'une membre de l'association a surnommé « l'homme au parapluie ». Il a commencé son manège le deuxième ou troisième jour après les attentats.

Alors que je fouillais le Web à la recherche de témoignages de rescapés qui étaient avec moi dans la loge, je tombe sur l'interview vidéo d'un homme qui se trouvait à la terrasse du Bataclan Café. L'homme est rongé de remords, en proie à une culpabilité terrible due à la mort d'une femme enceinte touchée par une balle mortelle à sa place. En lisant ce témoignage, je sens le peu de cœur qu'il me reste se recroqueviller sur lui-même. Encore une histoire de maman qui ne rentrera jamais à la maison.

Quelques jours après la création de notre page Facebook, l'homme en question nous contacte. Je me souviens d'un homme abîmé, les yeux cernés d'avoir trop pleuré, la tête visiblement cassée en mille morceaux. Sur la page, il se livre à tous nos membres, un long témoignage dans lequel il explique combien il aurait aimé prendre cette balle à la place de cette future maman.

Les témoignages d'affection fleurissent instantanément pour le soutenir et lui rappeler que nous sommes tous dans ce cas, et que malheureusement nous n'avons pas pu faire plus que ce que nous avons fait. L'homme s'apaise mais reste très vindicatif, commente chacun des posts envoyés par les autres membres. Et quelque chose commence à me chagriner. Il est victime, d'accord, mais à le lire, il est celui d'entre nous qui souffre le plus. Ce besoin de reconnaissance m'interpelle car il est assez unique.

Pendant plusieurs mois, l'homme au parapluie va m'appeler chaque jour pour me vomir sa haine, hurler sa colère et sa souffrance, m'insulter même, parfois, en m'expliquant que Maureen et moi sommes d'horribles personnes qui ont créé l'association uniquement pour satisfaire un problème d'ego. À côté de ça, il y a les menaces de suicide qui s'enchaînent soir après soir, me mettant en permanence dans une situation de détresse. Chacune de mes nuits est rythmée par cette écoute, ce relais vers des structures de prise en charge, tentative désespérée de ma part de leur sauver leur vie d'après.

Mais chaque soir, tout recommence à zéro. Je m'épuise. Je me sens démunie face à cette souffrance-là, et cela m'abîme, me fait douter de notre travail, de ma capacité à aider les autres, qui ne nous épargnent rien dans leur quête incessante de nouveaux coupables.

Il y a aussi cette jeune fille qui a pris trois balles dans la jambe le soir du 13. Elle nous raconte très tôt comment elle s'est cachée sous un corps pendant toute la soirée, pour échapper aux terroristes. Elle a subi déjà plusieurs opérations pour tenter de sauver son pied. Chaque semaine, nos membres tremblent à travers les annonces d'amputation terrible qu'elle nous livre. Tout le monde essaie de la soutenir au mieux. Tout le monde prend sur lui, reste à l'écoute, prend régulièrement de ses nouvelles, l'invite à manger, boire un café, donne de son temps. Comme avec l'homme au parapluie, chacune de mes nuits est prise en otage par ses souffrances. Mes nuits mais aussi celles de nombreux autres membres de l'association, car ces « victimes » ont un inextinguible besoin d'attention.

Il y a également ce petit monsieur qui a été blessé au Stade de France et que le Fonds de garantie refuse de reconnaître. Pendant des mois, il m'appelle tous les jours en menaçant de se suicider, personne ne veut reconnaître ses blessures et il est en train de tout perdre : sa famille, son logement, son travail, sa santé et sa tête. Je cherche des solutions pour lui mais chaque fois que j'en trouve, elles échouent lamentablement.

Un jour où il monte à Paris rencontrer son avocat, il m'appelle de la gare à peine débarqué du train : il vient de se faire voler son portefeuille ! Je passe la journée entière à décaler mes rendez-vous pour l'aider, jusqu'à lui payer de ma poche son billet de retour car il n'a plus de carte bleue non plus.

Et puis il y a ce garçon qui a perdu sa meilleure amie au Bataclan. Lui qui devait y être avait été sauvé par un accident quelques mois plus tôt dont les séquelles l'avaient empêché de s'y rendre. Des cinq victimes au comportement étrange, il est le moins vindicatif.

À chacune de mes premières rencontres avec d'autres victimes, il y a ce sentiment de se connaître depuis toujours, ce besoin de se toucher, de se serrer dans les bras, de se dire qu'on s'aime très fort et qu'on va s'en sortir. Avec ces personnes un peu « différentes », il n'y a jamais rien eu de tout cela. En revanche, une sorte de gêne se profile, quelque chose que je n'arrive pas à cerner mais qui me procure un sentiment inconfortable.

Ma première rencontre avec l'homme au parapluie, malgré de nombreux messages affectueux, est très froide. Rien ne m'attire vers lui. Rien ne semble nous lier. Je me rassure en me disant qu'après tout, on ne peut pas avoir des atomes crochus avec tout le monde.

Avec la jeune femme blessée, pareil. L'homme qui a perdu sa meilleure amie, quant à lui, me fait froid dans le dos. À chacune de nos rencontres, il me parle de cette jeune femme qui était la plus importante de ses amies, de sa santé fragile depuis l'accident qui lui aurait évité d'être avec elle ce soir-là. Et du fait qu'il aurait dû mourir à sa place puisqu'il ne lui reste que quelques mois à vivre.

Ces personnes restent heureusement très entourées par notre communauté. Chacun essayant comme il peut de sécher les larmes qui inondent nos soirées de groupe. J'évite de me trouver seule en leur présence car je ne parviens pas à gérer ça. Mes émotions sont bloquées depuis des mois, je ne peux pas gérer celles des autres quand elles sont extrêmes à ce point-là.

Un jour, après de nombreux échanges avec un copain du groupe au sujet de l'homme au parapluie, je décide de regarder de plus près sa page Facebook, histoire de me rassurer une bonne fois pour toutes sur la véracité de ses propos.

C'est là qu'a commencé pour nous tous la terrible prise de conscience. Après une enquête minutieuse qui a duré des mois, ce n'est pas une, ni deux, ni trois mais bien cinq fausses victimes que nous avons identifiées au sein de notre communauté. L'enquête fut compliquée à mener, mais les résultats furent probants. Nous nous retrouvions à affronter une autre face de la monstruosité et de la cruauté des hommes. Ces cinq personnes se sont avérées être chacune une usurpatrice du statut de victime. Après les avoir confrontés, non sans violence de leur part, allant parfois jusqu'à des menaces de mort à notre encontre, ces usurpateurs ont pris la poudre d'escampette.

Au moment douloureux d'annoncer notre découverte à nos membres, dans le souci de les protéger de ces personnes, j'ai été inondée de messages. Au-delà du temps et de l'énergie volés à chacun, ces salopards avaient été jusqu'à raconter à certains comment leurs conjoints étaient morts, dans l'obsession morbide d'être toujours plus au centre du 13 novembre. Ils avaient également fait pression sur d'autres pour leur soutirer de l'argent, des témoignages en vue d'escroquer le fonds d'indemnisation des victimes, et même cherché à séduire des membres avec qui ils avaient vécu une courte histoire sentimentale.

Le sentiment d'avoir été trahis, violés, manipulés, abusés a été terrible.

Plus que de nous avoir menti, d'avoir volé de l'argent à des gens fragiles, j'en voulais à ces menteurs pathologiques d'avoir, pour des raisons qui m'échappent encore, anéanti la confiance de groupe qui nous tenait debout depuis un an. Là où nous avions perdu foi dans le monde dans lequel nous vivions depuis ce fichu 13 novembre, Life for Paris s'était imposé comme une bouée de sauvetage, un espace sécurisé et bienveillant. Cette usurpation, c'était comme nous tuer encore un peu plus, et cette fois-ci l'ennemi venait de l'intérieur.

Comment des jeunes gens de nos âges avaient-ils pu nous tirer dessus ce soir-là ? Comment des jeunes gens de nos âges avaient-ils pu nous mentir et nous manipuler à ce point en se faisant passer pour des victimes qu'ils n'étaient pas ? Au-delà de la trahison, de la manipulation, nous étions de nouveau soumis à la volonté de nuire d'une poignée de fous, dont les agissements ouvraient de nouvelles questions pour lesquelles nous n'obtiendrions jamais de réponses. La perte de sens rend fou. Nous le mesurons chaque jour à notre insu. Cela abîme un peu plus l'âme et nous insécurise plus que jamais.

Nous avions désormais peur de ce qui nous avait sauvé la vie : les autres. Et c'était pour nous le pire que l'on pouvait redouter.

Je discute de tout cela avec une amie journaliste qui a elle aussi été abusée par l'homme au parapluie, et elle me glisse :

— Qui peut faire une chose pareille ? Comment peut-on agir ainsi ? Seuls des fous sont capables de ça, il n'y a pas d'autre explication.

En l'écoutant, je prends conscience que là encore, nous ne sommes pas seuls dans la souffrance. Bien sûr, la douleur n'est pas la même entre son expérience et la mienne, mais elle reste une douleur commune.

Je marque une pause car quelque chose vient de s'éclairer soudainement qui va désormais m'aider à comprendre un peu mieux cette situation qui nous a tous dépassés.

— Tu sais, Marie, en fait, ces fausses victimes, c'est nous qui les créons. Lorsque, au lendemain des attentats, la presse, la population n'avaient qu'une seule envie, savoir ce que nous venions de vivre, peu de victimes étaient en capacité d'en parler. Face à cette violence, face au traumatisme, il était compliqué pour nous d'exprimer nos sentiments aussi soudainement. Mais les gens voulaient savoir. Les médias se sont alors mis en quête de témoignages racontant l'horreur de l'intérieur, donnant à voir le massacre qu'avait été cette nuit, dans toute sa morbidité. Parce que dans le fond, on aime tous se faire peur. On a besoin de ces histoires d'horreur qui nous rassurent dans nos petites valeurs, dans notre petit quotidien étriqué. L'atrocité des histoires des autres nous aide à nous rassurer sur la tranquillité de notre propre vie. Et les images qui arrachent des sanglots font vendre. Alors, le micro tendu à la recherche de l'impossible, les médias ont ouvert une brèche. Ils ont donné à ces gens l'opportunité de devenir quelqu'un, d'exister à travers une histoire que ceux à qui elle appartenait n'étaient pas prêts à raconter. Ils ont créé quelque chose. Une sorte de capitalisme de l'horreur. Une demande répondant à une offre à laquelle nous, nous ne pouvions pas répondre. Chacun de nous est un peu responsable de cela. En cherchant toujours plus à vivre les choses de l'intérieur, comme si on y était, nous sommes en train de créer une histoire nationale à grand renfort d'*entertainment*. Parce qu'à défaut de devenir quelqu'un, on peut ici s'offrir le luxe d'être diffusé à grande échelle à partir d'un mensonge que personne ne cherchera à vérifier, à recouper, juste parce que le besoin sociétal est là et qu'il faut y répondre. Ma plus grande inquiétude aujourd'hui, c'est encore une fois la presse. Il y aura des articles pour parler de tout cela. Mais les journalistes ne maîtrisent pas combien le mensonge de cinq personnes risque de remettre en question la légitimité de l'ensemble des victimes blessées psychiquement. Plus que nous avoir trahis, les médias offrent la place de remettre en question toutes ces personnes pour qui nous nous battons, car leurs blessures sont invisibles.

Je venais de trouver une piste de réponse à cette question qui n'en avait pas jusque-là. Et j'allais bientôt découvrir que nous n'étions ni les premiers ni les derniers à expérimenter cela.

Je relate cet épisode à un ami historien. Celui-ci m'explique que nous ne sommes fautifs en rien. Chaque événement de cette ampleur, de cette teneur, amène son lot de mythomanes. À ma plus grande surprise, il m'explique que même les survivants de la Shoah n'ont pas été épargnés par cette folie de l'après. Un homme s'est fait passer, pendant de nombreuses années, pour un rescapé espagnol des camps de la mort, allant jusqu'à présider une association de victimes, donnant tout autour du monde des séminaires où il racontait son expérience avec force détails. Expérience totalement fausse puisqu'il fut un jour découvert qu'il n'avait jamais été déporté.

La guerre comme repère, les survivants de toutes les infamies du monde comme grande et unique famille, le mensonge et la folie pour assassins communs. Il allait nous falloir, encore une fois, redoubler d'efforts pour redonner un peu d'espoir et d'amour à nos membres meurtris à nouveau par toute cette folie. Et continuer de me battre pour que le doute ne devienne pas la norme, pour que les victimes continuent d'être prises au sérieux.

Je suis Charlie

7 janvier 2017.

Il y a deux ans pile, j'étais au bureau quand j'ai appris… Je suis restée bloquée devant mon ordinateur, incapable de réfléchir.

Je me souviens être sortie du bureau le soir, avec quelques collègues, l'impression d'une sale gueule de bois, en pilotage automatique, direction place de la République.

Ça a été le début de la suite, le début de la fuite, et mon retour à l'écriture que j'aime tant. En relisant le texte que j'avais écrit à l'époque, je me dis que c'est assez dingue avec le recul… Que quelques mois plus tard, ce serait à moi et tant d'autres de le vivre, à quelques mètres de là. « Voisins d'attentat » et « compagnons de galère », comme j'aime à nous appeler. Parce qu'il n'existe pas de mot. Voilà qui est bien étrange comme situation.

« Mon cœur est gros ce matin. J'ai bien essayé de me recoucher dans l'espoir qu'au réveil tout ceci ne soit qu'un mauvais rêve… Mais non. J'ai espéré très fort que tu nous fasses une de tes blagues foireuses dont toi seul as le secret… Mais non. Charlie, mon frère, aujourd'hui mon cœur saigne. Parce que t'es dans ma famille depuis toujours. Le mercredi, pour mon père c'était *Le Canard enchaîné*, pour moi *Charlie Hebdo*. Et le jeudi, on se les échangeait. Le vendredi, on s'engueulait. Et le samedi, on se marrait. C'était comme ça toutes les semaines. Notre rituel de famille. Notre rituel de toi : ma famille.

« Charlie, ma gueule, je me rappelle la première fois que je t'ai découvert… Je devais avoir sept ans. C'était chez mes grands-parents. J'avais réussi à entrer dans la caverne d'Ali Baba qu'était la chambre de mon oncle. D'un coup j'ai vu *Hara-Kiri*, *Charlie Hebdo*, *L'Enragé*, *Fluide glacial* et des BD. Plein de BD. Je crois que c'est là que j'ai dû me dire “quand je serai grande, je ferai chier, je serai irresponsable. Je dessinerai des zizis, et puis je me marrerai”. Ça me plaisait l'idée de devenir chiante, bête et méchante. De ne jamais être adulte.

« Charlie, mon prof, tu m'as éduquée. À coups de colère, à coups de rage et à coups de plume. Et grâce à toi j'ai pu croiser le meilleur prof d'histoire qui puisse exister. Un mec qui nous passait *Shoah* et *Le Dictateur* dans la même journée. Qui avait toutes tes unes accrochées dans sa classe pour faire réfléchir les gosses qu'on était, mais aussi pour faire chier la direction pompeuse de ce lycée de bourgeois. Et vu que t'es trop fort, avec mon prof, bah on s'est bien marrés.

« Charlie, mon pote, t'as joué à "PAN, t'es mort" comme un gosse. Parce que t'as toujours été un gosse. Sauf qu'en face, les adultes, ils sont pas marrants. Ils sont violents. Et ils sont cons.

« Charlie, mon âme, tu m'as appris à gueuler. À ne jamais me soumettre. À rester droite dans mes idées et à cailler dans mes bottes, à force de manifester pour avancer. Toujours avancer.

« Charlie, mon sang, j'ai vu le tien couler. Ce mercredi 7 janvier, il est devenu poisseux, dégueu, parce que tout ce que tu braillais a été déformé. Des gens ont vu rouge de colère là où tu criais rouge d'amour. Le monde est sourd sûrement…

« Charlie, mon clown, hier je me suis marrée. Parce que ça fait des années que tu galères pour survivre faute de ventes, et qu'aujourd'hui ton dernier numéro est vendu 75 000 euros sur eBay. Si t'avais su… ah… si, tu le sais… je suis sûre que ça va te faire rigoler… c'est tellement con qu'il fallait y penser…

« Charlie, mon amour, aujourd'hui j'essaie de me réconforter. Je me dis que tu nous en as quand même laissé quelques-uns, que t'as pas fait trop le con à tous nous les retirer d'un coup. Et qu'au final c'est pas plus mal que Choron, Cavanna ne soient plus là pour voir tout ça.

« Charlie, je te promets qu'on va continuer de leur "pisser tous à la raie", qu'on va continuer de se foutre à poil pour bien se marrer, qu'on continuera d'être cons, qu'on continuera de gueuler, qu'on continuera de parler, de s'exprimer, de dessiner.

« En tout cas, Charlie, moi je continuerai. »

Ce texte, comme dirait *Le Canard enchaîné*, c'est mon pavé dans la mare.

Victime par ricochet et pierre à l'édifice

Ce que j'ai vu ce soir-là est venu se graver définitivement sur ma rétine. Une image d'enfer de Dante, qui ne s'effacera pas malgré le temps. Au cours d'une de nos promenades dans la quiétude de leur campagne, ma mère, à qui j'ai beaucoup parlé, fait lire des articles sur cette soirée, m'a avoué qu'étrangement, elle avait l'impression de l'avoir vécue elle aussi de l'intérieur tant elle avait entendu, senti, vu de choses à travers ce que je lui racontais.

Quelques mois après cette confidence, elle a été victime d'un décollement de rétine. Comme si son œil avait décidé de déclarer forfait une bonne fois pour toutes. Cela m'a fait réaliser encore plus concrètement combien nos familles avaient souffert de cet événement, et combien il était impératif de les assister, les protéger elles aussi. Malheureusement, pour gagner ce combat, il faudrait admettre à quel point le terrorisme cause de dégâts « collatéraux ». On en est loin. « Au royaume des aveugles les borgnes sont rois », dit-on.

Au royaume des aveugles les borgnes sont, en fait… des mamans.

Mais nous n'avons rien lâché. Le travail que nous avons engagé au sein de Life for Paris depuis près de deux ans a, entre autres luttes, pour vocation de faire reconnaître la souffrance physique et psychologique de *toutes* les familles qui ont vécu avec nous ce moment terrifiant, impuissantes face à la menace qui s'est abattue sur la chair de leur chair, l'amour de leur vie, leurs proches.

Chaque jour, je reçois des messages de parents perdus, de conjoints malades, stressés, à qui on reconnaît, au mieux leur deuil dans le cas où ils ont perdu quelqu'un, au pire rien du tout quand leur proche est encore en vie.

« En vie », mais dans quel état ?

Ne pas reconnaître à ces personnes le traumatisme qui est le leur, c'est continuer d'appuyer un peu plus là ou ça fait mal. C'est comme nier ce qui fait d'eux des êtres sensibles au sens philosophique du terme. Leur droit à être vivants, à ressentir.

Chaque réunion interministérielle, chaque rendez-vous avec Juliette Méadel, Serge et moi rabâchons l'importance, l'urgence de reconnaître ces victimes dites « par ricochet ». À force d'insister, avec d'autres associations de victimes, nous finissons par être entendus sur ce sujet. La secrétaire d'État sollicite auprès des ministères concernés une réflexion sur les moyens d'assurer un suivi à ces personnes.

Et, durant plusieurs mois, plus d'une centaine d'avocats travaillent ensemble à la création de deux nouveaux postes de préjudices : le « préjudice d'attente » et le « préjudice d'angoisse de mort », indemnisables par le Fonds de garantie des victimes de terrorisme. Au-delà de l'indemnisation, il est surtout à mes yeux question de reconnaissance : faire écrire noir sur blanc que *personne*, dans notre société, ne doit avoir à subir cette violence.

Le 7 novembre 2016, devant un parterre d'avocats et de représentants des victimes, la secrétaire d'État présente *Le Livre blanc sur les préjudices subis lors des attentats*. Elle s'engage à ce que ces deux nouveaux préjudices soient reconnus. Son discours est fort. La bataille semble gagnée.

C'est compter sans le ministère de la Santé et des Affaires sociales… La ministre n'a, semble-t-il, pas apprécié que la secrétaire d'État s'engage sans son aval. Et puis il y a la question du financement. Toujours la question de l'argent… Finalement, avec l'accord du ministère, Juliette Méadel se voit offrir une seconde chance : organiser une commission d'étude sur l'importance, la mise en application et le financement de ces préjudices.

Le 18 janvier 2017, nous sommes convoqués, de même que l'ensemble des associations de victimes, par la professeure Stéphanie Porchy-Simon, chargée de cette commission, afin de défendre ces nouveaux postes de préjudices. Passant par groupes de trois intervenants, nous attendons maître Thévenet, avocat des Amis de Charlie, l'association des victimes de

Charlie Hebdo représentant la direction. (Celle qui représente les salariés et proches de victimes s'appelle quant à elle VACHES, pour Victimes des attentats de *Charlie Hebdo* et survivants. Ça ne s'invente pas.)

Maître Thévenet arrive. Nous prenons place. Devant nous, une longue table de spécialistes en tout genre – psys, juristes, juges d'instruction, et j'en passe –, les yeux rivés sur nous. La professeure Porchy-Simon prend la parole.

— Tout d'abord merci à vous d'avoir répondu favorablement à cette invitation. Vous êtes aujourd'hui entendus en tant que représentants de victimes. Maître Thévenet, vous êtes avocat, vous êtes donc assez familier avec les questions juridiques qui se posent à nous aujourd'hui. Monsieur Domenach[1], vous êtes également avocat, il me semble ?

— Juriste…

— Vous êtes donc vous aussi assez au point sur ces questions. Madame Langlade, vous par contre, vous êtes réalisatrice ? Rien à voir avec ce qui nous réunit aujourd'hui.

Merci… Un petit pic d'ego me fait rétorquer :

— Je ne suis effectivement ni juriste ni avocate, mais je sais lire, et le travail que nous menons depuis plus d'un an auprès de nos membres m'a imposé de maîtriser un minimum mon sujet. J'ai donc lu beaucoup de textes de loi. Je devrais réussir à suivre.

Le ton est donné. Je suis navrée pour cette pauvre professeure, mais je dois reconnaître que je suis fatiguée de devoir en permanence me justifier.

1. Emmanuel Domenach, vice-président à l'époque de l'association 13 onze 15 Fraternité-Vérité.

Et c'est moi qui dois prendre la parole en premier…

J'explique à l'assemblée pourquoi Life for Paris demande la reconnaissance de ces deux nouveaux postes de préjudices. J'attaque sur le préjudice d'angoisse de mort parce que, dans l'état actuel du droit, la réparation porte sur « l'après », sur les suites des actes terroristes. Or, il est essentiel de reconnaître les préjudices liés à « l'instant T », à ce qui s'est passé *pendant* l'événement. Quant au préjudice d'attente, il correspond à une réalité extrêmement douloureuse pour les proches. La création de ce préjudice serait une reconnaissance des immenses souffrances endurées dans cette phase d'attente, quelle qu'en soit l'issue.

Emmanuel Domenach corrobore mes propos. Il ajoute que l'attentat du 13 novembre a cette particularité d'avoir duré de nombreuses heures, notamment pour les victimes du Bataclan, et que l'angoisse de mort s'y est donc inscrite dans une durée très longue. Il ajoute que pour les familles de victimes décédées, l'attente a parfois duré plusieurs jours, le temps pour l'Institut médico-légal de procéder à l'identification des corps parfois très abîmés par les blessures par balles.

Comme parfois une image vaut mille mots, et que je sens que notre auditoire ne perçoit pas forcément avec précision ce que nous tentons d'expliquer, je reprends la parole. Résumant les trois heures trente d'attente vécues ce soir-là dans la loge, sous la menace d'un terroriste armé d'une kalachnikov et bardé d'explosifs. L'assaut de la BRI, et la porte qui nous a protégés, là où tous les policiers rencontrés depuis nous ont affirmé que nous aurions dû mourir sous l'impact du choc. Puis j'explique ce que mes parents ont vécu. La dépression aggravée de mon père, le suivi psychologique qui lui a permis de retrouver un semblant de vie – cela grâce au travail formidable du réseau INAVEM qui s'est démené pour lui obtenir une prise en charge. Je finis en ajoutant que ma mère a souffert d'un décollement de rétine ayant nécessité deux interventions chirurgicales et deux arrêts maladie qui, en tant que travailleur indépendant, lui on fait perdre beaucoup d'argent. J'ajoute d'autres exemples de proches que je connais et qui souffrent de maladies depuis, en insistant sur le rôle essentiel de la reconnaissance de cette souffrance pour permettre aux victimes de se reconstruire.

Maître Thévenet va dans le même sens que nous, mais en défendant les intérêts des victimes de *Charlie Hebdo*. J'ai l'impression que nous sommes là, chacun à militer pour son pré carré, alors qu'en réalité nous défendons la même cause. De nouveau ce sentiment insupportable de « compétition » entre les victimes.

Il faut qu'ils comprennent... Je reprends la parole : ces préjudices doivent être reconnus à *toutes* les victimes dites « directes » et « indirectes » de tous les attentats récents. La consécration du préjudice d'attente est capitale, notamment pour les proches des survivants, afin d'admettre qu'eux aussi sont victimes. Ce qu'ils s'interdisent le plus souvent, cela ayant sur leur santé des conséquences dramatiques jusqu'à présent non reconnues et donc non prises en charge. Et, puisqu'il est toujours question d'argent, j'ajoute qu'il ne s'agit pas ici du montant de l'indemnisation mais bien de la reconnaissance du statut de victime. Avec la reconnaissance du préjudice d'angoisse de mort, on réglerait également la question du statut de « victime » pour toutes les personnes directement impliquées dans les attentats, y compris celles qui n'ont pas été blessées physiquement.

Les victimes « psychiques » sont de vraies victimes, pourtant beaucoup doutent de leur droit à obtenir une réparation juste, à mériter une prise en charge adéquate. Que le droit leur reconnaisse ce statut couperait court à toute discussion et légitimerait définitivement toutes les victimes dans la réparation que leur doit l'État.

La commission nous remercie pour nos interventions.

Je repars le cœur un peu plus léger d'avoir pu porter et défendre ceux dont les blessures invisibles occupent mes jours et mes nuits depuis de trop longs mois. J'ai pu faire passer notre message : nous nous devons de ne laisser de côté aucune douleur. Reconnaître la violence de l'instant T permettrait peut-être de mieux comprendre, mieux identifier toutes les pathologies dont nous souffrons aujourd'hui et qui font de cette histoire une cicatrice impossible à refermer.

Au printemps 2017, à la veille de l'élection présidentielle, les postes de préjudices ont été validés « sur le principe » par le Fonds de garantie. Ce fut l'objet de mois de bataille, de mois de travail : un simple « oui ». Il aura cependant fallu pour cela que notre Batman à roulettes, alias Françoise Rudetzki, aille faire du porte-à-porte auprès des représentants ministériels qui composent le conseil d'administration du Fonds pour arracher un accord, là où personne n'était prêt à le voter.

Changement de cap avec le nouveau pouvoir. En septembre, le couperet tombe. Le CA du FGTI statue sur les modalités d'application de ces deux nouveaux préjudices. Malheureusement, c'est loin d'être une victoire. Le préjudice d'angoisse d'attente n'est reconnu que pour les familles de victimes décédées, laissant sur le carreau toutes les autres familles restées sans nouvelles de leurs proches des heures durant. Quant au préjudice d'angoisse de mort, le barème est beaucoup plus fort pour les victimes décédées que pour les survivants. Encore une fois, on crée des clivages.

Ça n'a aucun sens, ce distinguo permanent entre les victimes. L'État doit réparer les vivants mais continue pourtant d'établir des échelles de valeurs… La question que l'on peut alors légitimement se poser : comment réparer les vivants si on nie la réalité de leur souffrance ? Ce soir-là, personne ne connaissait l'issue qu'allait prendre sa « vie » avant la fin des attaques. Chaque seconde était pleine de « si ». Car c'est bien cela qu'il s'agissait de reconnaître à travers la création de ces nouveaux préjudices. Tant pour ceux qui sont partis que pour ceux qui restent. Qu'on soit famille de victime, victime, décédée ou survivante, la violence de l'attente ou la peur de la mort est la même pour chacun. « Rien ne s'oppose à la nuit » chantait Bashung. Avec cette décision du FGTI, la nôtre n'avait pas fini de nous faire violence.

Ma rock star

Ma première rencontre avec Françoise Rudetzki a eu lieu le 22 février 2016. Nous étions conviés aux trente ans de l'INAVEM par Sabrina Bellucci, sa directrice. J'avais bien essayé de contacter Mme Rudetzki par téléphone dès janvier, mais mon message ne lui était jamais parvenu.

À la fin du colloque, Sabrina s'approche de moi, accompagnée d'une femme qui ne m'est pas inconnue. Cette femme, c'est Françoise.

— Caroline, je te présente Françoise que, je crois, tu rêves de rencontrer.

— Merci, Sabrina. Madame, je suis tellement heureuse de faire votre connaissance. Est-ce que vous me feriez la joie de venir déjeuner avec moi ? J'aimerais vous parler.

Françoise accepte de bon cœur, mais refuse que je l'invite. Elle aussi a entendu parler de moi par Sabrina.

Cette femme, comme Pierre Rabhi, fait partie de mes héros de jeunesse. J'ai ses livres à la maison, que je dois lire depuis des mois même si je n'en ai pas encore trouvé le courage. Ni la concentration nécessaire. Je veux la lire de toute ma force et de toute mon âme, car je sais que mes questions trouveront des réponses dans ses mots. Elle fait déjà partie de ma vie, sans le savoir. La petite fille que j'étais se souvient de la jeune femme courageuse qu'elle était.

Vous ne savez pas qui est Françoise Rudetzki ? Françoise avait une trentaine d'années, comme moi, lorsqu'elle a été victime de l'attentat du Grand Véfour, le 23 décembre 1983. À l'époque, un journal avait titré : « Attentat du Grand Véfour : plus de peur que de mal ». Déjà à l'époque, on évaluait la violence des événements au nombre de morts. Pas de morts signifiait donc attentat « raté »... Françoise gardera malheureusement de ce « dîner » des séquelles à vie nécessitant de nombreuses et douloureuses interventions, aujourd'hui encore. Elle dut hélas vite constater que rien n'était fait pour les victimes du terrorisme : pas de prise en charge des soins, pas d'indemnisation, pas de reconnaissance de l'acte de terrorisme dans le code pénal, zéro statut, ni de victimes civiles de guerre ni de pupilles de la Nation. Tout cela, c'est elle qui nous l'a obtenu au cours de ses trente années de combat, seulement armée de son courage et de « son bâton de pèlerin », comme elle aime à le dire. Elle a croisé le fer avec tous les gouvernements, inlassablement défendu la cause des victimes sous quatre présidents de la République sans jamais abandonner, jusqu'à aujourd'hui où, malgré la dissolution de son association pour d'obscures raisons politiques, elle continue d'être un électron libre qui nous fait profiter de son expérience tout en étant rappelée en tant que référence de l'aide aux victimes à chaque nouvel attentat.

Dès cette première rencontre, un lien indéfectible se tisse entre nous. Elle souhaite transmettre son travail, nous aider et nous former à la défense des victimes, de sorte que nous puissions prendre son relais.

Pendant plusieurs mois, nous nous voyons régulièrement aux rendez-vous organisés par la secrétaire d'État.

La retrouver est chaque fois pour moi un moment de joie. Avec Serge, nous prenons peu à peu l'habitude d'aller manger un morceau ou boire un café avec elle à la sortie de nos réunions. On y rigole, on y travaille, on y apprend beaucoup de celle qui nous a « tracé le chemin ».

Françoise ne le sait sans doute pas, mais elle me fascine. Elle a le phrasé, les manières, l'apparence d'une grande dame, avec un esprit totalement punk. Elle a, comme moi, été élevée à coups de *Canard enchaîné* et de Tex Avery. Elle a, pour moi, le plus magique de tous les pouvoirs : cette incroyable capacité à dire merde en restant suffisamment polie pour que son interlocuteur ne le remarque pas. Moi qui ponctue de gros mots chacune de mes phrases, j'ai beaucoup à apprendre d'elle.

Durant cette année passée à ses côtés, j'ai découvert l'ampleur de son combat qui dure depuis trente ans. Elle a permis aux victimes que nous sommes aujourd'hui d'avoir des droits et une véritable reconnaissance aux yeux de l'État. Ce combat, elle m'en parle souvent. Que ce soit autour d'un café, au téléphone ou dans l'entrebâillement d'une porte entre deux réunions, elle est intarissable sur la question des droits des victimes.

Depuis que je la connais, Alexandre partage mon temps avec elle. Il rigole souvent en disant que j'ai trouvé en elle un excellent alibi pour ne pas regarder avec lui les films qui ne m'intéressent pas.

C'est vrai, on s'appelle souvent tard toutes les deux. Quand tout le monde dort, nous échangeons nos peines et nos espoirs, ce en quoi nous croyons. Un peu pour nous sentir moins seules avec nous-mêmes, un peu aussi parce que s'occuper des autres c'est s'oublier soi-même. Ce moment, c'est le nôtre. Le seul où je suis juste moi, où elle est juste elle.

Avec Françoise, je peux parler de tout. Lui confier mes doutes, mes peurs. Elle m'encourage, me soutient et m'aide à garder foi en l'avenir. Elle est pour moi la preuve vivante qu'on peut faire surgir de belles choses de cet infernal bordel qu'est la vie « après l'attentat ».

Elle est devenue, au fil du temps, ma maman associative. D'ailleurs elle a accepté de bon cœur quand je lui ai demandé d'être la marraine de Life for Paris. Cette reconnaissance, aussi petite soit-elle, est ma façon à moi de la remercier de ce qu'elle fait pour nous.

Lorsque j'ai eu à rédiger notre rapport européen (j'y reviendrai), il m'a fallu analyser l'aide aux victimes dans six pays européens. Le constat que j'en ai fait est édifiant.

En France, les victimes de terrorisme ont la chance d'avoir un statut, celui de victimes civiles de guerre ou de pupilles de la Nation, ainsi qu'une reconnaissance pénale. De même, elles ont la chance de pouvoir obtenir une réparation financière à travers le FGTI, qui reste unique en Europe. Ces droits, c'est Françoise Rudetzki qui nous les a obtenus tout au long de sa vie. Comme nous, elle s'est battue en pensant aux victimes de demain avant de lutter pour elle-même. Elle a permis à chacun d'entre nous, sans même nous connaître, de faire briller dans l'obscurité le mot solidarité.

En terminant de rédiger ce rapport, je me suis rendu compte que la plus belle préconisation ne tenait qu'en un seul mot. Ou plutôt en un seul nom. Lorsque nous avons remis notre rapport au président de la République et au secrétaire général de l'Aide aux victimes, je leur ai glissé dans un sourire ma découverte :

— La seule chose que nous pouvons souhaiter à chaque pays d'Europe, pour améliorer l'aide aux victimes, serait d'avoir une Françoise Rudetzki en leur sein.

Suite à la publication de notre rapport, nombreuses furent les victimes à me demander de remercier Françoise d'avoir été là pour nous tous. Bien entendu, quand je lui ai transmis les messages, elle a été gênée et dit que c'était tout naturel. L'humanité des grands guerriers se mesure à leur humilité.

Ma « rock star », comme j'aime à l'appeler, celle qui continue de me donner la force de puiser en moi l'énergie de me battre, celle qui avec douceur m'apaise dans mes angoisses, celle qui me répète toujours que ce qui l'a aidée à enfoncer les portes, ce sont ses roulettes car « on peut fermer la porte sur un pied mais pas sur un fauteuil roulant », continue de m'émouvoir chaque jour.

Il y a quelques mois, alors que je pensais tout arrêter, elle m'a dit que Serge et moi étions la relève qu'elle cherchait depuis des années. Cette responsabilité est un magnifique fardeau à porter. Les victimes ont été le combat de sa vie. Mais quand je vois les emmerdements permanents auxquels nous faisons face depuis bientôt deux ans, je ne sais plus trop si c'est un cadeau de confiance ou une énorme responsabilité qu'elle nous lègue. Peut-être ne le saurai-je jamais. Peut-être que, comme elle, je continuerai d'essuyer les coups en silence, parce qu'il faut le faire. Simplement.

Depuis que je la connais, mes inquiétudes et mes peurs ont changé.

Je n'ai plus peur de mourir dans une attaque terroriste. Je n'ai plus peur que tout s'arrête demain. Elle m'a appris à vivre avec. Ce qui me fait le plus peur c'est d'un jour perdre Françoise, de devoir faire sans elle.

Car je sais que Robin, sans Batman, ne sert à rien.

Être ou ne pas être victime, *that is the question*

Lorsqu'une nouvelle personne arrive dans notre association, la première chose sur laquelle je travaille avec elle est de lui faire accepter son statut de victime. Une fois qu'elle l'a accepté, la deuxième chose est de l'aider à sortir de ce statut rapidement.

Accepter ce statut permet aux gens d'engager leurs démarches pour faire valoir leur droit à une bonne prise en charge. Les faire sortir de ce statut leur permet de ne pas conditionner l'ensemble de leur vie à cet unique événement de l'attentat, afin de les aider à reprendre le cours d'une vie, différente désormais, mais un peu plus normale. Que cette vie ne s'arrête pas définitivement.

Il faut bien comprendre qu'être victime n'est pas un statut que l'on choisit ou non d'accepter. On s'y soumet, sans autre choix. Car si la tête peut choisir d'accepter ou non l'événement, le corps, lui, ne vous offre pas la même indépendance. L'événement est inscrit dans notre chair, notre corps entier y est réduit, qu'on le veuille ou non. On découvre dans l'après, jour après jour, la répercussion traumatique de cette valse avec la mort. J'ai vingt-neuf ans à l'époque du 13 novembre. Je suis dans une condition physique correcte et ai une bonne endurance. Quelques cheveux blancs marquent les épisodes difficiles de ma vie d'avant mais je suis jeune et j'ai toute la vie devant moi. Depuis l'attentat, et durant ces mois écoulés, je découvre chaque jour combien cette histoire a détruit ma tête mais aussi mon corps. Mes cheveux sont devenus intensément blancs. Mon corps a pris vingt ans dans la gueule. Je ne dors plus, je ne sais plus ce qu'est un moment d'insouciance, la joie de lâcher prise. Je suis sur le pied de guerre en permanence, désarmée pourtant, et sans connaître la joie du repos du guerrier.

En échangeant avec les copains de Life for Paris, le constat est formel. Nous sommes devenus des petits vieux dans des corps de jeunes. On se traîne, on tombe malade plus facilement, on est fatigués en permanence. Certains ont même développé des pathologies de personnes âgées. Comme moi qui ai désormais le trou du cul d'une personne de soixante-dix ans, d'après mon gastro-entérologue.

Alexandre s'amuse à appeler mon association « le club des anciens combattants ». Je déteste ce nom mais il est parfaitement adapté à ce que nous sommes devenus. Des êtres à vif amochés par la vie.

Ne pas souhaiter être victime, et pourtant l'être.

Françoise Rudetzki me dit souvent que c'est ce que les médecins appellent la perte de chance. Cette perte de chance, ce sont tous ces projets que l'on avait et qui sont désormais mis entre parenthèses. Difficultés de concentration, de reprise du travail, de procréation, espérance de vie réduite, désociabilisation, incapacité à se projeter dans l'avenir, à être heureux à nouveau, pathologies diverses et variées liées au stress, amputation, handicap physique lié aux blessures par balles, deuil pathologique.

En voilà un avenir brillant quand on a trente ans.

Chaque promenade où je ne tiens plus la longueur, chaque matin à avaler toute une batterie de médicaments pour soigner les diverses pathologies dont je souffre, chaque moment où je sens que l'énergie de mes trente ans n'existe plus me rappelle que nous sommes soumis à ces salopards au-delà de leur mort.

J'essaie de ne pas me laisser submerger par la haine et la colère, de rester rationnelle, mais se sentir soumis m'est insupportable.

Cela rend fou.

Nous sommes en 2017, je vis dans un pays de paix, je suis blanche, et je me sens pourtant plus proche des réfugiés de guerre, des esclaves, de tous ces êtres à qui d'autres ont imposé leur violence, leur haine de l'autre et de la différence.

Un jour, lors d'une séance avec mon psychothérapeute, celui-ci m'explique que mon refus formel de faire de ce statut de victime mon identité propre est un choix difficile mais important. Que c'est la garantie de mon rétablissement.

Il est là, debout devant moi, à arpenter de long en large son bureau en me parlant, quand il s'arrête soudain.

— Vous aimez Shakespeare ?

— Euh… oui, pourquoi ?

— Eh bien, il y a plusieurs façons de lire Shakespeare. Dans *Hamlet* par exemple, tout est dans la virgule !

Euh ?…

— Lorsque Shakespeare dit « Être ou ne pas être, telle est la question », les gens comprennent qu'il s'agit d'être ou de ne pas être. Mais la virgule, si on la déplace, peut également nous dire « Être ou ne pas, être est la question ». Être victime ou ne pas, être *vous* est la vraie question.

La séance psy, à 8 heures du matin, avec ce genre de discussion métaphysique, n'est peut-être pas une excellente idée pour moi. Je ne suis pas assez réveillée et mon pauvre cerveau délabré a du mal à suivre cet esprit vif.

— En refusant de vous soumettre à ce que les médias, les politiques, la société attendent de vous, en refusant d'être réduite à n'être plus qu'une victime, une victime qui se doit d'être brisée, réduite au silence, vous faites le choix de ne pas être que cela, de vous tenir debout, de vous battre, d'être dans le collectif. Cela veut dire que vous vous battez contre ceux qui vous ont fait du mal, que vous refusez de devenir ce que les autres veulent faire de vous. C'est un choix difficile, c'est un choix compliqué à assumer. Mais c'est la garantie que vous allez faire de tout ça quelque chose de beau. Que vous restez vous-même, coûte que coûte.

Ce jour-là, je sors de son cabinet avec un sérieux mal de crâne.

Moi qui lis Shakespeare depuis petite, je n'avais jamais vu *Hamlet* de cette manière.

C'est fou ce qu'une simple virgule peut changer dans une histoire.

C'est fou ce qu'un simple vendredi soir peut changer dans une vie.

Le 13 novembre est en fait une virgule, ce drôle de point qui prend un virage étrange au milieu du récit d'une existence. Mais qui laisse à l'histoire toute la place de continuer de s'écrire.

Les *Bernard et Bianca* des temps modernes

Je suis au bord de la mer, censée me reposer, le jour où cette idée me traverse la tête. Les copains de l'association ont pris l'habitude de se moquer gentiment de mes idées de génie qui surgissent toujours la veille au soir, dans l'urgence, mais pour lesquelles je suis capable de déplacer des montagnes quand je veux arriver à mes fins.

J'attrape mon téléphone et compose le numéro de Serge, mon partenaire au quotidien sur la vaste question qu'est le suivi des victimes.

— Serge, je sais qu'on est le 4 mars, mais je viens d'avoir une super idée ! On va organiser une réunion internationale pour la journée européenne des victimes du terrorisme, le 11 mars prochain. On y invitera tous nos membres étrangers qui veulent nous aider à travailler sur la question européenne du droit des victimes. J'appelle Françoise pour lui proposer.

Serge, qui est quelqu'un de réfléchi et goûte peu les trucs faits « à l'arrache », me stoppe dans mon élan.

— On n'a ni le temps, ni les moyens d'organiser ça. Je suis submergé de travail pour que tu puisses être en repos, et tu m'appelles pour me dire qu'on va encore faire pire ? Non mais, sérieusement, tu veux ma mort ?

Il a raison. On a peu de temps, mais je sens que ça va nous faire du bien de sortir un peu la tête du national et des dossiers individuels. Je lui promets de m'occuper de tout et lui garantis que le jeu en vaut la chandelle. Serge sait que quand j'ai une idée en tête il n'y a rien à faire pour m'arrêter. Et moi je sais qu'il râle toujours mais que dans le fond il est content quand on fait de belles choses. Il abdique un peu à contrecœur, inquiet de ce que je vais concocter.

Je rédige un court texte d'appel à participation auprès de nos membres étrangers, et nous voilà partis dans l'aventure.

Pendant les cinq jours précédant la réunion, je ne décolle pas le nez de mon ordinateur, à analyser l'aide aux victimes proposée dans six pays d'Europe. La tâche n'est pas aisée, et je me maudis intérieurement chaque seconde un peu plus de ne pas avoir été meilleure élève en cours de langues étrangères à l'école. Serge m'appelle quinze fois par jour pour me dire qu'on ne va pas y arriver. Je ne l'écoute pas.

La veille de la réunion, Samuel et Arthur partent à Bruxelles représenter Life for Paris auprès de la Commission européenne. J'ai préféré passer mon tour afin de pouvoir boucler le rapport. Toujours devant mon ordinateur, je pose le point final au dossier vers 16 heures ce jour-là. Trente-huit pages d'analyse la plus précise possible s'affichent devant moi. Je suis fière, on a réussi ! J'envoie en catastrophe le fichier à

Stéphanie, une administratrice de Life for Paris, qui m'a proposé de s'occuper de la mise en pages.

Je pianote sur mon téléphone un message à mon amie Valérie, qui nous a rejoints il y a peu sur le pôle suivi des victimes avec Serge.

— Tu as pu trouver de la presse étrangère pour demain ?

— Pas beaucoup, mais un peu quand même…

— On s'en contentera !

Je suis nerveuse. J'écris à Stéphanie à peu près toutes les trente minutes pour savoir si elle s'en sort avec la mise en pages.

On finalise le déplacement de nos membres qui arrivent demain pour la réunion. Je suis de plus en plus à cran, et Serge me demande quand il va recevoir le rapport pour pouvoir lancer les impressions…

Minuit, et Stéphanie ne m'a toujours rien envoyé… Serge est de plus en plus pessimiste. J'essaie de le rassurer mais je n'en mène pas large.

À minuit trente mon téléphone sonne. Stéphanie a fini la mise en pages, elle vient de m'envoyer le mail. Ni une ni deux, j'allume mon ordinateur, ouvre ma boîte mail, ouvre le mail de Stéphanie et là, catastrophe, la mise en pages est un bordel sans nom…

Un peu gênée de savoir que Stéphanie a passé la journée sur ce truc pour un résultat aussi raté, je demande à Serge d'attendre mon retour avant d'imprimer. Je suis assise dans mon lit, dans la pénombre, et je tente tant bien que mal de retaper la mise en pages. Après quatre heures de travail acharné, je suis satisfaite de constater que je ne m'en suis pas si mal sortie, et que le dossier ressemble enfin à quelque chose.

J'ouvre ma boîte mail pour l'envoyer à Serge quand je découvre un nouveau mail de Stéphanie, reçu quelques minutes après le premier. Je l'ouvre. « Désolée je viens de réaliser que la mise en pages a sauté dans le fichier précédent. Je vous l'envoie en version PDF propre. Bonne nuit. »

Gros fou rire nerveux. Je viens de passer quatre heures à refaire un dossier que Stéphanie m'avait renvoyé au propre. Moi qui d'habitude consulte mes mails toutes les trois minutes…

Je regarde mon réveil. Il me reste deux heures de sommeil. La journée de demain va être longue.

Je me réveille après une nuit beaucoup trop courte. Je saute dans un taxi, direction le ministère où Ambre, la charmante chef de cabinet de Juliette Méadel, nous a trouvé une salle de réunion in extremis. On prépare la salle, un dossier posé à chaque place que vont occuper nos invités dans quelques minutes.

L'idée de cette journée est d'engager nos membres dans une réflexion d'amélioration européenne de l'aide aux victimes, dont ils deviendront chacun, sous les couleurs de l'association, le représentant de leur pays.

Ils arrivent peu à peu. On se congratule, heureux de se retrouver. Chaque réunion est aussi pour nous l'occasion de passer un peu de temps ensemble. Il y a mes amis les géants hollandais au grand cœur. Il y a mon amie allemande avec qui j'étais dans la loge le 13 novembre. Il y a un ami belge, une autre Allemande, et quelques soutiens qui ont fait le déplacement afin de nous aider. La réunion s'ouvre avec M. Jacques Toubon, défenseur des droits, et sa collègue Mme Claudine Jacob. Tous deux nous parlent pendant un long moment du combat mené ces dernières années aux côtés de Françoise, qui est assise en face d'eux. Ils nous guident sur ce qui est facile à mettre en œuvre et ce qui ne le sera que sur une longue durée. Tout ça dans un anglais impeccable.

Françoise me glissera que, tout de même, forcer Jacques Toubon à parler en anglais un samedi matin, alors qu'il est celui qui a fait voter la loi n° 94-665 du 4 août 1994 relative à l'emploi de la langue française, c'était gonflé de ma part. Je n'avais pas réalisé. Je m'excuse auprès de lui, il éclate de rire.

— C'est pour la bonne cause, alors je vous pardonne.

Puis Muriel Salmona, une psychiatre spécialisée dans les problématiques du syndrome post-traumatique que j'aime énormément, nous explique ce que nous pourrions mettre en œuvre à l'échelle européenne.

Pendant que chacun s'exprime sur les moyens à développer, Stéphanie prend des notes afin d'adapter notre rapport aux précieux conseils qui nous sont donnés.

À la fin de la journée, après avoir organisé des groupes de travail nationaux, Christian Gravel, secrétaire général de l'aide aux victimes fraîchement nommé[1], nous rend visite afin que nous puissions lui remettre officiellement notre rapport.

1. Ce secrétariat général, rattaché au Premier ministre, a été créé en février 2017 dans la volonté de pérenniser l'action d'un secrétariat d'État auprès des victimes. Comme le secrétariat d'État, il sera

Nous sommes tous très fiers et heureux de la journée de travail productive qui s'achève. Plus qu'en participant à une énième minute de silence, nous avons le sentiment du travail accompli et cette vision d'un avenir en commun. Je suis fière de nous. La petite fille que j'étais, fan de Walt Disney, vient de faire du film *Bernard et Bianca* une réalité. Alors que nous sortons de la salle, le dossier sous le bras, en direction de notre sixième et dernier rendez-vous avec le président de la République afin de lui remettre le fruit de notre travail, je regarde mes amis et me mets à fredonner :

SOS Société
Nous sommes là pour vous aider
Quels que soient vos problèmes
Nous les réglerons nous-mêmes
Si vous êtes en danger
Vous devez nous appeler
Nous viendrons sur-le-champ
Nous sommes puissants.

Je suis devenue mes héros d'enfance. Nous sommes devenus des souris qui n'ont plus peur de rien.

---

supprimé par le nouveau gouvernement en mai 2017, remplacé en juillet par la nomination d'une déléguée interministérielle rattachée au seul ministère de la Justice.

Trente ans

Le jour de mes trente ans, je suis au bord de la mer avec Alexandre et mes parents. Jusque-là, la perspective de mon anniversaire ne me faisait ni chaud ni froid, je le voyais arriver comme n'importe quel autre jour de l'année. Et pourtant.

Nous avons réservé dans un restaurant de fruits de mer, mais le petit pincement au ventre présent depuis le matin m'a soudainement pété à la gueule sans prévenir. Au moment d'enfiler mes chaussures, je m'effondre en larmes. Cet anniversaire, je n'en veux pas. Moi qui d'habitude adore ce jour qui m'est uniquement dédié, cette année, il a un vilain goût.

La tête dans l'oreiller, Alexandre totalement dépassé par la situation, ma mère finit par débarquer. Entre deux sanglots, je hoquette que je ne veux pas de cette année de plus. C'est horrible de fêter un anniversaire que j'ai failli ne pas fêter du tout et que tant d'autres ne fêteront plus jamais. Déjà, en soi, trente ans c'est nul parce qu'on est vieux, mais là, sincèrement, je ne veux pas du tout les célébrer…

Ma mère réussit à me calmer dans ses bras. J'ai l'impression d'avoir six ans et un gros chagrin de petite fille. Je finis par accepter de sortir mais ne me parlez pas de fête.

Nous nous retrouvons tous les quatre attablés à la terrasse d'un PMU, buvant une bière pour essayer de faire passer la pilule et profiter simplement d'être ensemble. Je regarde mon verre un long moment, les yeux dans le vague, et me tourne vers mes parents.

— C'était comment vos trente ans à vous ? C'était mieux que ça j'imagine ?

Mon père lâche un soupir, me passe le bras autour de l'épaule et m'explique que ses trente ans, c'est le moment où il est devenu père. Que pour lui aussi, d'une certaine manière, ce fut la fin d'une époque, de l'insouciance, mais également le début d'une nouvelle ère, comme pour moi. Ma mère enchaîne, elle avait déjà deux enfants quand elle a eu trente ans. Et l'important quand on vieillit n'est pas le temps qui a passé et ce que l'on a perdu, mais bien le temps qu'il nous reste et ce qu'on a à vivre.

Ce soir-là, collés les uns aux autres, à boire des bières, je vis pour la première fois de ma nouvelle vie un moment suspendu de douceur.

Quelques semaines plus tard, après avoir voulu annuler à plusieurs reprises ma fête d'anniversaire, je suis en pleins préparatifs de ce qui s'annonce comme une soirée chargée en émotions. La fête a lieu chez mes parents, l'endroit où j'ai grandi et où je me sens, plus que nulle part ailleurs, en sécurité depuis les attentats.

Ma mère, mon père, mon frère et Alexandre sont là pour m'aider à tout préparer. Seule ma sœur, qui vit désormais dans le Sud, manque à l'appel. Je sais que la foule, ce n'est pas trop son truc, et on se promet de fêter ça entre nous dès que possible. Mon papi et mon oncle ont fait le déplacement. Avoir tout le monde autour de moi, tous ceux qui comptent, me fait vraiment plaisir.

J'ai décidé de préparer « maison » l'ensemble du buffet, pour remercier chacun d'avoir fait le déplacement. Moi qui ne cuisine plus du tout depuis les attentats, je dois avouer que le défi que je me suis lancé est peut-être un poil trop haut. Heureusement, toute ma famille met la main à la pâte, et lorsque sonne le premier invité, tout est quasi terminé.

Ce soir-là, assise dans le jardin, au milieu des gens que j'aime, je réalise combien je suis chanceuse malgré tout, combien j'ai la chance aujourd'hui d'être entourée d'amis qui me sont chers. Et combien ce que j'ai donné durant l'année écoulée m'est rendu en retour.

Au moment de servir le dessert, ma mère m'attrape :

— Je crois qu'ils veulent t'offrir des cadeaux. Laisse-moi servir les desserts et profite de la fête.

Maureen s'approche de moi avec un paquet. À l'intérieur, je découvre un livre dans lequel elle a fait écrire un petit mot à tous les copains qui le souhaitaient. Je glisse mes doigts sur la couverture. Je suis tellement touchée par cette démarche. Pour nous qui ne sommes que dans le numérique, dans l'instant depuis le 13, il y a dans ce cadeau quelque chose de sacré qui perdurera.

À l'intérieur du carnet, une citation de mon idole dont je suis orpheline depuis quelques mois désormais. « Nous pouvons être des héros, juste pour un jour. » David Bowie comme mentor de ma vie, comme guide de mon cœur, n'a décidément pas fini de me porter dans mes combats. En feuilletant les pages, je réalise combien de gens ont souhaité me témoigner leur affection.

Il y a Maureen, ma sœur jumelle depuis un an, qui dans les mots doux et sincères qui la caractérisent, me rappelle combien je compte pour elle.

Il y a un message sans queue ni tête de mon Alexandre qui, dans une tentative désespérée de me faire oublier qu'il ne m'a toujours pas écrit de carte pour mon anniversaire, m'en promet une prochainement. Avec lui, le temps n'a pas de prise, c'est ce que j'aime chez nous, et finalement avec tout ce que l'on a traversé, je dois bien avouer que ça vaut toutes les cartes d'anniversaire.

Puis se succèdent des messages de mes parents, de ma nouvelle famille aussi, Samuel mon petit papa au grand cœur, Bertrand notre épicurien en colère, Arthur mon vice-président international depuis quelques mois, depuis que Maureen a eu le courage de se protéger un peu plus, et que je lui ai succédé à la présidence de Life for Paris.

Il y a également Sandrine et Sébastien, les copains qui ont beaucoup été à l'écoute et se sont révélés des soutiens indéfectibles durant ces derniers mois, quand parfois tout allait mal et que j'avais envie d'abandonner.

Il y a Stéph, ma petite camionneuse au grand cœur, sans qui l'association aurait sûrement moins fière allure.

Je tourne les pages et sous mes yeux défilent des dizaines et des dizaines de témoignages d'affection. De ma meilleure amie qui est restée à mes côtés toute cette année, à nos nouvelles amies rencontrées dans cette cour le 13 novembre, en passant par les copains qui ont pris tout au long de l'année le soin de demander des nouvelles de celle qui ne parle jamais d'elle en public. Ils sont tous là. Les Anglais, les Espagnols, les Écossais, mon papi, mon ami qui vit en Chine, mon ami de ma vie d'avant, l'amie de mes parents que je connais depuis ma naissance, tous sans exception.

Tous, jusqu'à celui que j'aime profondément depuis des mois. Celui qui parle peu mais que je sais toujours présent. Celui qui est devenu peu à peu mon frère, mon meilleur ami, celui avec qui je m'engueule et rigole sans cesse. Mon Serge.

En lisant son mot, je réalise combien moi qui me sens si vide depuis des mois, je suis en fait pleine d'amour, tellement remplie d'amour que je suis prête à en péter. Je déborde de tout l'amour de ces gens-là.

Je lève les yeux du carnet. Ils sont tous là devant moi en chair et en os. J'ai l'impression d'être la fille la plus riche de tout l'univers. On me fait grimper sur une chaise, on m'invite à prendre la parole pour un discours.

— Merci. Je n'ai pas de mots assez forts pour vous remercier. Je dois juste vous dire que moi qui n'arrive plus à pleurer, à ressentir depuis un an, vous avez failli…

Je m'étrangle dans un sanglot. Moi qui contiens toute cette émotion, de peur de ne pas savoir comment l'affronter, comment la gérer, je suis en train de me faire totalement envahir par elle. Les copains me regardent émus, les yeux humides eux aussi.

Ce soir-là, nous resterons dehors à nous parler, nous embrasser, rire ensemble jusqu'à 5 heures du matin, dans la fraîcheur du jardin. Comme une sorte de bulle, nous avons, l'espace d'un instant, abandonné nos vies, nos morts, nos corps et nos malheurs pour n'être juste que nous, profondément, intensément nous.

Et profiter de l'instant présent sans penser à demain.

Dis, quand reviendras-tu ?

L'été 2017 vient de s'achever.

J'y ai perdu l'un de mes meilleurs amis à qui je n'aurai pas pu dire au revoir, parce que j'avais à faire, parce que les rendez-vous importants pleuvaient avant les départs en vacances du Tout Paris.

Je pensais que j'avais le temps. Je ne l'ai pas eu.

Cette disparition, que j'ai apprise le jour de mes trente-et-un ans, a été un électrochoc.

J'étais épuisée. Depuis près de deux ans, ce combat permanent contre les usurpateurs, contre les boycotteurs, les lobbyistes, les agitateurs, les manipulateurs… Et puis les politiques. La politique. Le politique. Quelle lassitude… Voilà six mois que nous nous faisions balader au sein non pas d'une ni deux, mais de trois administrations « dédiées » aux victimes. Parce qu'à l'heure de la génération Y et du *bullshit job* qui règne en maître, le nouveau pouvoir avait décidé de déconstruire une administration pour en reconstruire une nouvelle déjà construite, qui avait elle-même été reconstruite quelque temps plus tôt… Mais avec un nouveau nom et un nouveau design. Les victimes sont devenues des produits qu'on ressort aux dates clés, comme les sapins à Noël, pour décorer le paysage.

Faire du vieux avec du neuf. Faire du neuf avec du vieux.

Je vivais dans un monde de fous.

Il était temps de passer le relais.

Le 1er septembre 2017, nous avons notre conseil d'administration de rentrée.

J'arrive au bureau un peu en avance pour faire le point avec Cécile, notre nouvelle recrue, sur les dossiers en cours.

Dans la poche de mon sac, je passe la main sur une lettre. À l'intérieur de l'enveloppe se trouve une décision difficile, quelques mots maladroits et beaucoup d'émotions pour la petite bande d'amis que nous formons avec Maureen, Serge et Valérie.

Les autres copains arrivent au compte-gouttes. On se fait la bise, on se raconte les vacances, on ose à peine dire à mi-mots combien les nôtres ont été compliquées.

Il est l'heure de démarrer la réunion. Tout le monde s'assoit. Je m'installe en bout de table, de sorte à embrasser du regard chacun d'entre nous.

On passe en revue l'arrivée de notre nouvelle stagiaire avocate que j'ai eu la joie de pouvoir recruter, on présente Cécile à ceux qui ne l'ont pas encore rencontrée, puis on en arrive à l'ordre du jour : la réorganisation et la redéfinition des objectifs de l'association.

J'avale ma salive péniblement. Assise en face de moi, Valérie me lance un regard d'encouragement. Je sors de mon sac la lettre en tentant vainement de contenir le tremblement de mes mains. Et je me lance :

— Mes chers amis, chers tous,

« C'est après deux années passées à vos côtés et une longue réflexion que Maureen, Valérie, Serge et moi-même avons décidé de tirer notre révérence comme membres au sein du conseil d'administration et du bureau de l'association.

« Cette décision n'aura pas été facile à prendre. C'est un véritable déchirement mais nous pensons également qu'il est temps.

« Nos états de santé se dégradent, nos relations familiales ont été trop longtemps mises au second plan, nous estimons avoir donné beaucoup pendant presque deux ans, dans l'urgence, et aussi qu'il est possible et important que d'autres puissent prendre le relais.

« La situation politique et administrative nouvelle, la lourde gestion de notre association seront mieux prises en charge par des successeurs moins épuisés.

« Nous souhaitons à l'association, qui aura été notre bébé, notre phare pendant ces deux ans, de continuer sa belle route, de voir de belles personnes s'engager en son sein pour apporter un nouveau souffle, parce qu'elle le mérite, parce que vous le méritez.

« Nous ne vous abandonnons pas, nous laissons la place à d'autres d'apporter leurs valeurs, d'écrire une nouvelle page de l'histoire de Life for Paris. »

Je marque une pause, le regard perdu sur les lignes qui se brouillent devant mes yeux. Soulagement et tristesse se télescopent en moi. Je relève la tête. Tout le monde est sous le choc…

Un départ est toujours douloureux dans une équipe. Je l'avais mesuré après celui de Samuel, puis de Sébastien. Cela avait rompu un équilibre déjà fragile, mais chacun doit un jour retourner à une vie plus calme.

Depuis près de deux ans, notre « part de colibri » était remplie.

Et puis, ce départ nous le devions à nos familles, à nos amis, à nos corps qui nous lâchaient salement sous l'effet d'un stress post traumatique devenu chronique.

À force de discuter, nous avions réalisé que ce qui nous avait tenus pendant deux ans, ce qui nous avait fait vivre et dépasser notre traumatisme se transformait désormais en une addition de contraintes. Une vie faite de compromis permanents avec le politique, une vie inter-associative dans laquelle nous ne nous retrouvions plus.

Olivier, un membre du CA, finit par briser le silence qui s'est installé autour de la table. Il nous remercie. On sent que c'est difficile, qu'il est tiraillé entre sa « moitié victime et sa moitié associative », comme nous le sommes tous.

Certains sont tristes, d'autres en colère. On ne leur en veut pas, on sait que ce n'est pas contre nous. On sait qu'ils ont peur. On est passés par là nous-mêmes. On sait aussi qu'ils vont y arriver. Personne n'est irremplaçable. C'est ce que nous avons toujours voulu avec Maureen, depuis la création de Life for Paris.

La réunion s'achève dans une ambiance lourde, mais tout le monde semble avoir compris, être prêt désormais à entamer une nouvelle page de ce récit collectif.

Quelques jours plus tard, nous nous retrouvons tous les quatre, Serge, Valérie, Maureen et moi. Une pause bien méritée au milieu de l'intensité de cette période difficile à passer. On est ensemble, on se marre, on se raconte nos blagues, nos histoires d'« anciens combattants ». La vie est douce ce jour-là. On boit un verre entre amis, comme on ne l'a pas fait depuis longtemps. On prend le temps, simplement, en mesurant combien il est précieux. Le temps, enfin, de s'occuper de nous, d'être ensemble. À porter le collectif à bout de bras, nous en avions oublié les individus que nous sommes.

Je regarde mes amis avec amour. On est à nouveau comme les autres, une vieille bande de potes qui se retrouvent pour rire ensemble de leurs aventures.

Une nouvelle page s'ouvre, qui n'appartient qu'à nous.

Je nous sens forts de nos deux années passées au sein de Life for Paris. Elle est là, ma première bande. Et ça me rend heureuse.

Sur le chemin qui mène à mon appartement, je me surprends à fredonner les mots de Barbara, « Dis, quand reviendras-tu ? Dis, au moins le sais-tu, que tout le temps qui passe ne se rattrape guère, que tout le temps perdu ne se rattrape plus… »

Il est temps pour moi de retrouver mon Alexandre qui m'attend depuis bientôt deux ans.

Il est temps pour lui de redevenir mon amoureux et non plus « le pilier de la présidente ».

Il est temps d'aller vers d'autres aventures, où je continuerai d'œuvrer pour les autres, mais différemment.

Paris je t'aime

Voilà.

Nous sommes deux ans après.

Paris reprend ses droits peu à peu.

Les touristes reviennent faire des selfies devant Notre-Dame, devant la tour Eiffel.

Ils ont quitté le Bataclan, les terrasses, pour des endroits chargés d'une histoire plus douce à raconter.

Les cafés bruissent de nouveau de gens qui rigolent, s'engueulent ou trinquent à la vie, à l'amour.

La vie reprend comme avant.

Comme si rien de tout ça n'avait existé, en apparence.

Pourtant, je sens bien cette petite cicatrice qui nous gratte tous.

Cette petite chose qui revient, comme un air qu'on fredonne. Et qui nous hante, sans qu'on en ait conscience.

Enfin, sans qu'on en ait conscience… seulement pour ceux qui ne savent pas. Car pour nous autres, c'est une tout autre vie qui nous attend depuis maintenant deux ans. Une vie qu'il faut réinventer chaque jour. Une vie nouvelle, ni moche ni belle. Seulement une vie. Une seule vie. Notre moment poétique et fugace qu'on sait désormais si fragile.

Il nous faut retrouver ce qui nous fait vibrer, ce qui nous anime, ce qui nous fait sentir qu'on est encore vivants.

Bien sûr, on sort à nouveau peu à peu. On boit des coups en terrasse, on retourne voir des concerts, des matchs. Mais avec toujours dans un coin cette petite inquiétude qui nous rappelle à l'ordre.

Comme des enfants, notre travail est désormais de réapprendre à vivre, de nous construire de nouveaux souvenirs. De ne plus commencer chacune de nos phrases par « Le 13 novembre, j'étais… ». De retrouver un peu ce que sont le lâcher-prise, la joie, l'innocence, l'amour et la légèreté.

Cela va prendre du temps. Je le sais mais je suis patiente.

L'insouciance, elle, ne reviendra jamais. J'ai appris à vivre sans.

Je dis souvent en plaisantant que si j'ai pu survivre à l'angoisse d'une mort certaine pendant trois heures, ce n'est pas une vie de brouillard qui va m'effrayer. Pourtant, dans le fond, je sais que si. Je suis terrifiée par l'avenir qui ne s'éclaire pas devant mes yeux. Je sais que chaque jour, je dois continuer de me battre contre moi-même, contre mes peurs, contre mon corps qui me maltraite et contre ma tête.

Mais regarder Paris se relever doucement me donne l'espoir dont j'ai besoin.

Aujourd'hui il fait beau.

Je suis dans un taxi, en direction d'un énième rendez-vous médical.

Mais dehors il fait beau, ce qui rend tout ça moins difficile.

Depuis deux ans je ne fais que traverser ma vie, je ne fais que traverser Paris, sans m'arrêter, dans mon taxi. Confinée dans cet espace à part qui me rassure mais qui n'est pas tout à fait la vie.

Je regarde sur le trottoir les gens qui passent.

Un souffle de vent qui soulève la jupe d'une femme, les enfants derrière elle qui rigolent.

Un homme qui achète un tableau aux marchands d'art le long des quais.

Les Bateaux-Mouches emplis de touristes qui naviguent sur l'eau de la Seine, sans faire de vagues.

Je suis dans la voiture. Je ne fais que passer. Spectatrice d'un Paris qui revit.

Un jour, peut-être, j'ouvrirai la portière, j'abandonnerai le chauffeur au chemin qui s'affiche sur l'écran de son GPS.

Je poserai un premier pied au-dehors, puis un deuxième. Je claquerai derrière moi la porte de ma bulle protectrice.

Je retrouverai le monde que j'ai perdu il y a tant de mois, un soir de novembre.

Je serai debout sur mes jambes, dans le vent de la rue, redevenue une anonyme parmi la foule, de retour auprès de mes amis réfugiés, à embrasser la liberté.

Remerciements

Merci à mes parents pour leur écoute, leur soutien, leurs innombrables conseils, corrections, etc. On dit souvent que derrière chaque grand homme se cache une femme, eh bien derrière moi se cachent de sacrés parents téméraires et résistants sans qui je serais très démunie.

Une pensée à ma mamie, disparue en 2016, mais qui m'accompagne chaque jour, en me rappelant que l'empathie est une force et non une faiblesse.

Et à T., qui m'a appris que les montagnes ne sont jamais insurmontables, que même si l'ascension est rude, la descente n'en sera que plus belle.

Merci à Alexandre de m'avoir soutenue dans la rédaction de ce livre, et de continuer à me dire chaque jour qu'il est fier de moi.

Merci à François Hollande de m'avoir fait l'honneur de son amitié et de son humanité.

Merci à mes amis « d'avant » d'avoir trouvé une force surhumaine pour m'accompagner depuis deux ans dans cette drôle de nouvelle vie.

Merci à mes copains de « l'après », ceux qui prennent des nouvelles régulièrement, qui m'aident chaque jour à avancer.

Merci à Anne Decung de Paris Aide aux victimes et à Sabrina Bellucci de l'INAVEM pour la force qu'elles m'ont donnée durant ces deux années difficiles. Sans elles je n'aurais jamais parcouru tout ce chemin.

Merci à mes barmen préférés, de bord de Seine et de bord de mer, où j'ai passé tant d'heures à écrire.

Merci à mes compagnons de l'association, et plus particulièrement Valérie et Serge, d'être mes amis, mes partenaires, mes frangins de galère avec qui on passe du rire aux larmes avec une facilité déconcertante, et grâce à qui j'ai appris à parler le « Parigot » comme personne.

Merci à ma famille, mes beaux-parents, mon papi, mon frère et ma sœur, de croire en moi et en mes combats qui semblent parfois un peu perdus d'avance. Grâce à vous je retrouve toujours la chaleur de mon foyer après de longues journées à croiser le fer.

Merci à Ambre, mon amie rencontrée sur les bancs du ministère, qui a tant fait pour moi, avec engagement et conviction.

Merci à Françoise Rudetzki dont la confiance et l'amitié m'honorent au quotidien.

Merci à tous ceux, amis proches ou lointains, connaissances et inconnus d'un jour, qui m'ont apporté de la douceur, de l'amour au milieu de la tempête et qui m'ont fait tant de bien.

Merci à Valérie et Gauthier d'avoir cru en moi depuis un certain matin de novembre, et de ne m'avoir jamais lâchée depuis dans mes projets et mes coups de gueule.

Merci à Maureen pour tout ce qu'elle a fait et pour son amitié ; sans elle, Life for Paris n'aurait jamais pu exister.

Et merci à Françoise Delivet, mon éditrice, sans qui ce livre n'aurait sûrement pas vu le jour, sans qui je n'aurais peut-être jamais pu coucher sur papier ma « nuit ».

Annexes

Les avancées obtenues par Life for Paris avec ou sans le support d'autres associations pour l'aide aux victimes depuis février 2016

– Un lieu d'accueil unique au lendemain de l'attentat de Nice où l'ensemble des structures de l'aide aux victimes furent présentes ;

– la création d'un site internet unique où sont recensés l'ensemble des droits et démarches pour les victimes (site « guide victimes ») ;

– la refonte et l'accessibilité en anglais du site internet du Fonds de garantie ;

– une meilleure reconnaissance des troubles physiques découlant du stress post-traumatique ;

– un retour d'expérience sur les structures de prise en charge ayant permis une véritable amélioration de ces dernières ;

– une meilleure coopération internationale pour la prise en charge des victimes étrangères ;

– un rapport d'analyse de la politique d'aide aux victimes à l'échelle européenne que nous avons intégralement rédigé ;

– des partenariats avec des structures (telles que le CNAM) sur la question du retour à l'emploi et de la reconversion professionnelle des victimes ;

– un accompagnement scolaire amélioré pour les victimes étudiantes ;

– une meilleure prise en charge par les assurances des frais liés aux attentats et un déplafonnement de la prise en charge ;

– la prise en charge de toutes les victimes pour participer aux commémorations du 13 novembre 2016 ;

– la traduction dans plusieurs langues des différentes démarches à effectuer pour les victimes de nationalité étrangère ;

– l'allongement de la prise en charge des frais de santé des victimes par la Sécurité sociale ;

– l'application de la directive européenne du 25 octobre 2012 donnant aux victimes étrangères le droit d'être accompagnées par un interprète dans l'ensemble de leurs démarches et lors des réunions d'information ;

– une meilleure prise en charge, information et valorisation du retour d'expérience des victimes de province, à travers la création de comités locaux d'aide aux victimes (CLAV).

Les premières démarches d'urgence si vous êtes victime d'un attentat

Lorsque l'on a été victime d'un attentat, il existe un certain nombre de démarches à effectuer afin d'ouvrir vos droits. Il est important de respecter leur ordre car certains droits ne sont accessibles que si vous avez réalisé les démarches antérieures qui permettent leur ouverture.

Le dépôt de plainte

Si vous n'avez pas été blessé physiquement et que les équipes de police présentes sur les lieux au moment de l'attentat ne prennent pas votre dépôt de plainte le jour même, il faut vous rendre dès le lendemain à la brigade criminelle ou au commissariat le plus proche. Assurez-vous qu'une copie de votre dépôt de plainte ainsi qu'un récépissé tamponné et signé vous soient donnés sur place. Une convocation à un examen de retentissement psychologique doit également vous être remise, afin de vous rendre le plus rapidement possible dans une unité médico-judiciaire (UMJ) qui déterminera le nombre d'incapacités de temps de travail (ITT) dont vous souffrez.

Si vous rencontrez des problèmes pour vous faire reconnaître en tant que victime, vous pouvez contacter la Cellule interministérielle d'aide aux victimes (CIAV) dont le numéro est donné sur le site du gouvernement et dans les médias. Le numéro est actif les jours suivant l'attentat. Il est ensuite rebasculé sur le 08 Victimes (08 842 846 37).

Si vous êtes victime étrangère d'un acte terroriste en France, vous devez vous rendre à l'ambassade de France dans votre pays afin de pouvoir déposer plainte auprès d'un agent de liaison.

Si vous êtes victime française à l'étranger, vous devez contacter le ministère des Affaires étrangères afin de procéder à votre prise en charge et votre rapatriement.

Les démarches en cas de décès d'un proche

Si vous êtes un proche de victime disparue, vous devez dans un premier temps contacter le numéro de la CIAV qui est enclenché dans les premières heures suivant l'attentat. Si le décès de votre proche est confirmé, vous devez alors procéder à l'identification du corps qui se déroulera à l'Institut médico-légal (IML). Une fois le corps identifié, vous devez obtenir un permis d'inhumer qui vous sera délivré par le parquet du tribunal de grande instance de Paris. Vous serez informé en temps réel par la CIAV de l'évolution de votre demande.

Le Fonds de garantie des victimes d'actes de terrorisme et d'autres infractions (FGTI) prend en charge les frais d'obsèques et les frais liés (cercueils, soins funéraires, crémations, cérémonies, transports...). L'institut de médecine légale dans lequel a été réalisée l'autopsie ou autres examens médico-légaux communique au FGTI les coordonnées des établissements de pompes funèbres que vous avez choisis. Le FGTI contacte ensuite les établissements de pompes funèbres afin de procéder à la transmission et à la prise en charge de la facture. Si vous avez choisi de régler les frais d'obsèques, le FGTI vous les remboursera.

Les associations d'aide aux victimes

Les associations d'aide aux victimes offrent à toutes les victimes et à leurs familles un soutien psychologique et juridique gratuit.

Elles peuvent vous permettre de démarrer un suivi psychologique (voir ci-dessous) ainsi que bénéficier de l'aide juridique d'un juriste spécialisé dans l'aide aux victimes qui vous accompagnera dans l'ensemble des démarches à effectuer (reconnaissance du statut de victime, FGTI, dépôt de plainte, démarches sociales, etc.).

Pour trouver l'association de votre région :
08 842 846 37
08victimes@inavem.org
http://www.france-victimes.fr/index.php/component/association

La prise en charge psychologique

Il est capital, dans les jours qui suivent l'attentat, de demander à son médecin traitant ou à un psychiatre, un certificat médical initial, car celui-ci vous sera demandé pour l'ensemble de vos démarches. Afin d'être accompagné le mieux possible et de ne pas laisser le traumatisme s'ancrer, il est conseillé de réaliser un débriefing psychologique rapidement (dans les quelques jours suivant l'attentat) et de démarrer un suivi psychologique régulier.

Pour cela, plusieurs solutions :

– contacter le réseau France Victimes (ex-INAVEM) présent dans toute la France, au 08 842 846 37 (propose un suivi psychologique gratuit dans votre région) ;

– les consultations de psycho-traumatisme, soit pour les adultes, soit pour les enfants et adolescents. Ces consultations sont situées dans des hôpitaux ou des centres médicaux de santé. La liste est disponible sur le site de l'Agence régionale de santé (ARS) de votre région. Contactez le 15 (SAMU) qui vous redirigera vers les services de la cellule d'urgence médico-psychologique (CUMP) de votre région.

La prise en charge de la Sécurité sociale

Au lendemain d'un attentat, il vous est conseillé de faire un check-up de santé pour vous assurer que vous n'avez pas de dommages physiques dus à diverses atteintes subies lors de l'attentat. Pour cela, n'hésitez pas à consulter (ORL en cas d'acouphènes liés à une explosion, examens pulmonaires en cas d'inhalation de fumées, etc.).

Ce check-up est accessible gratuitement à tous les bénéficiaires d'une couverture sociale (CPAM, MSA, CMU...) tous les cinq ans, vous n'aurez donc rien à payer dans ce cadre.

L'assurance maladie prend en charge 100 % des soins des personnes reconnues comme victimes du terrorisme. La prise en charge concerne les soins physiques (1 an renouvelable jusqu'à consolidation) et les soins psychiques (2 ans renouvelables jusqu'à consolidation). Vous avez un délai de 10 ans à compter du jour de l'attentat pour faire valoir ce droit, et le décompte se fait à partir de la première consultation. Les familles de victimes (décédées ou rescapées) bénéficient par extension de droit de cette prise en charge. Est considérée comme famille le cercle un, à savoir : conjoint/conjointe, enfants, parents, grands-parents, frères/sœurs.

L'assurance maladie met à disposition un numéro dédié pour faire valoir auprès d'elle votre qualité de victime : 0811 365364 (ouvert de 8 heures à 17 heures).

La Sécurité sociale vous envoie ensuite un courrier justificatif à présenter à l'ensemble des professionnels de santé pour bénéficier de la gratuité des rendez-vous médicaux et médicaments, et ce, sans avance de frais. Vous devrez également mettre à jour votre carte Vitale sur présentation de votre attestation.

Être indemnisé

Pour les actes de terrorisme survenus sur le territoire français, le Fonds de garantie indemnise toutes les victimes quelle que soit leur nationalité. Il indemnise également les victimes françaises à l'étranger. Cet argent permet de compenser une perte de revenus, des frais de santé imprévus, mais aussi de vous reconnaître votre statut de victime d'acte terroriste et de participer à la réparation intégrale promise par l'État. Les associations d'aide aux victimes (réseau France Victimes, ex-INAVEM) peuvent vous aider à remplir cette demande au FGTI, en vous faisant aider d'un juriste de l'association.

Pour faire une demande d'indemnisation auprès du Fonds de garantie, il faut télécharger le formulaire présent sur le site internet.

Au formulaire, il vous faudra joindre :

• le formulaire de demande d'indemnisation ;

• une preuve de votre présence sur les lieux de l'attentat (dans la mesure du possible) ;

• la date, le lieu de l'acte de terrorisme ;

• le récépissé de votre dépôt de plainte ;

(ces informations permettent au Fonds de garantie de se procurer les procès-verbaux afin d'apprécier si les faits présentent bien le caractère d'un acte de terrorisme) ;

• la photocopie de la carte d'identité ou du passeport ;

• un certificat médical initial. Si vous êtes en mesure de le faire, vous pouvez également produire un état des premiers frais médicaux engagés à la suite de l'acte de terrorisme ;

• des bulletins de salaire ;

• un avis d'imposition (pour justifier de votre domiciliation) ;

Il faut envoyer ce dossier complet et complété par mail ou courrier à l'adresse qui vous sera fournie sur le site du FGTI (une adresse dédiée est créée pour chaque attentat).

Une première provision sera versée dans un premier temps. Puis un versement final aura lieu après une rencontre avec un médecin du Fonds. Pour cela, demandez à une association d'aide aux victimes de vous aider à trouver un avocat et un médecin-conseil qui vous accompagneront lors de votre expertise. Il est vivement conseillé d'être accompagné par un médecin-conseil et votre avocat lors de l'expertise, moment qui peut être difficile et pour lequel il est préférable d'avoir été préparé.

Fonds de garantie des victimes d'actes de terrorisme :
64, rue de France 94682 Vincennes Cedex
Tél. : 01 43 98 87 63 Mail : terrorisme@fga.fr
https://www.fondsdegarantie.fr/fgti/fonctionnement/

Être accompagné tout au long de sa vie

L'Office national des anciens combattants et victimes de guerre (ONACVG) offre aujourd'hui deux statuts de prise en charge, à vie. Un à destination des adultes (statut de victime civile de guerre) et l'autre à destination des enfants (statut de pupille de la Nation).

Le statut de victime civile de guerre offre à toute personne ayant été victime d'un acte de terrorisme (sur le territoire national, mais aussi les Français à l'étranger et les étrangers en France) un soutien tout au long de la vie sur plusieurs aspects :

– un soutien moral et matériel proche de chez vous, avec des antennes de l'ONACVG présentes sur tout le territoire national et même à l'international ;

– des aides financières adaptées à la situation de chacun (aide pour difficultés financières : d'urgence, ponctuelle, ou chronique ; aide aux prestations de service : aide ménagère, maintien à domicile ; aide à la reconversion professionnelle : accès ou retour à l'emploi ; un prêt ou avance remboursable consenti sans intérêts pour une durée maximale de 30 mois).

Le statut de pupille de la Nation quant à lui concerne les enfants et jeunes de moins de 21 ans ayant perdu un parent lors de l'attentat ou ayant été eux-mêmes victimes d'actes de terrorisme. Pour les attentats commis en France, la qualité de pupille de la Nation est accordée quelle que soit la nationalité.

L'adoption par la Nation, prononcée par un jugement du tribunal de grande instance, leur permet de bénéficier de la protection de l'ONACVG.

Familles et tuteurs conservent le plein exercice de l'ensemble de leurs droits.

En cas de besoin, la Nation assure la charge partielle ou totale des frais des pupilles en matière de vie courante et d'éducation. Il existe également des dispositions favorables les concernant en matière d'emploi et de fiscalité.

ONACVG
Hôtel national des Invalides
129, rue de Grenelle
CS 70 780 75 700
Paris Cedex 07
Tél. : 01 44 42 30 01
http://www.onac-vg.fr/missions/pupille-de-la-nation/

Vous pouvez également retrouver l'ensemble des démarches sur le site internet unique « guide victimes » dont je parle dans le livre :

http://www.gouvernement.fr/guide-victimes

Si vous souhaitez contacter Life for Paris :
http ://www.lifeforparis.org/
contact@lifeforparis.org

Table

Composition réalisée
par Rosa Beaumont

Imprimé en France par CPI
en octobre 2017

N° d'édition : 56328/01
N° d'impression : 143890